D1339735

Hetty van Aar werd in 1948 in Twente geboren, in Almelo om precies te zijn. Toen ze drie jaar was, verhuisde ze naar Noord-Brabant. En daar woont ze nu nog steeds, hoewel ze tussentijds een paar jaar in het Midden-Oosten heeft gewoond. Maar Twente heeft nog altijd een speciale plaats in haar hart, net als de zee, kleine Griekse eilandjes en muziek. Hetty van Aar is getrouwd met een man die spelletjes bedenkt, heeft zes kinderen en twee katertjes: Bikkel en Miep.

Zodra ze kon lezen, las ze alles wat ze te pakken kon krijgen. Op de middelbare school begon ze met het schrijven van gedichten en schreef ze hele dagboeken vol, die ze later allemaal weer verscheurde. Na de Opleiding voor Kleuterleidsters ging ze verhalen schrijven voor haar eigen klas, tot ze stopte met lesgeven omdat ze zelf kinderen kreeg.

Over schrijven zegt ze: 'Vroeger dacht ik altijd dat verhalen pas echt spannend werden als je er heel veel politie en brandweer in voor liet komen. Maar tegenwoordig vind ik mijn inspiratie heel dichtbij: in iets wat ik zie, hoor of lees, in mijn eigen gezin of in mensen die ik ontmoet. Voeg daarbij je eigen fantasie en het stoeien met taal, en je krijgt een verhaal. Ik ben altijd op zoek naar de juiste woorden om een bepaalde situatie te kunnen beschrijven, zelfs als ik in de meest hachelijke toestand verkeer. Daarom is het zo wonderlijk dat ik juist volledig kan opgaan in muziek, omdat muziek uitdrukking geeft aan je diepste gevoelens zonder er ook maar een enkel woord voor nodig te hebben.'

Hetty van Aar

Opgepakt

Dit kan ook jou gebeuren

Uitgeverij Ploegsma Amsterdam

Kijk ook op
www.hettyvanaar.nl
www.ploegsma.nl

AVI 8

ISBN 978 90 216 6574 0 / NUR 283
© Tekst: Hetty van Aar 2008
© Omslagillustratie: Roelof van der Schans 2008
Omslagontwerp: Nancy Koot
© Deze uitgave: Uitgeverij Ploegsma bv, Amsterdam 2008

Uitgeverij Ploegsma drukt haar boeken op papier met het
FSC-keurmerk. Zo helpen we waardevolle oerbossen te behouden.

Voor B, J, en K
voor het onrecht dat hen overkwam

Ze draaiden met de flauwe bocht mee de Hoofdstraat in, toen Daan opeens vaart minderde. 'Ik geloof dat ik Krijn hoor.'

Sven luisterde naar het gerammel en geknars achter hen en keek om. 'Daar is hij.'

Zwaaiend kwam Krijn dichterbij. Zijn grote lijf lag dubbelgevouwen op de afgeragde rammelkar, die ooit zijn moeders nieuwe fiets was geweest. 'Wat hebben jullie een haast,' hijgde hij. 'Ik zit de hele weg al achter jullie aan, ik trap me gek.'

Daan week uit naar links, om plaats te maken voor Krijn. Hij negeerde het getoeter van een boze automobilist. De weg was breed genoeg voor iedereen. Met z'n drieën naast elkaar fietsten ze langzaam verder.

'Wacht even,' zei Krijn. Hij trapte op de rem. De fiets stond knarsend stil, precies voor de schoenwinkel. Krijn zocht in zijn zakken en vond zijn verfrommelde, bijna lege pakje shag. Met zijn armen op het stuur draaide hij een sjekkie en stak het aan.

'Jullie ook?' Met een royaal gebaar bood hij het bijna lege pakje aan. Daan en Sven schudden allebei tegelijk hun hoofd, alsof ze het afgesproken hadden.

Krijn blies de rook uit. 'Heel verstandig. Die shag is zo oud als de baard van Sinterklaas. Ik kon mijn nieuwe niet zo gauw vinden vanmorgen. En ik was al laat, maar gelukkig nog net op tijd op school.'

'Mooi,' knikte Daan en hij meende het. Krijn zei altijd: 'Ik ben allergisch voor school, ik werk liever.' Stukadoor wilde hij worden. Als hij goed zijn best deed, kocht zijn vader later een bus voor hem. En daarop kwam dan in koeienletters: Krijn van de Valk Stukadoorsbedrijf. In gedachten zag Daan het busje en lachte.

'Wat sta jij te lachen,' reageerde Krijn onmiddellijk. 'Leuke plannen voor het weekend?'

Daan schudde zijn hoofd. 'Ik heb nog helemaal niks bedacht.'

Krijn draaide zich half om en wees naar het uithangbord van Oranjeboombier. 'Zullen we vanavond eens bij de XS gaan kijken?'

Sven keek wat schichtig van de een naar de ander. Toen het stil bleef, haalde hij zijn schouders op. 'Mij best.'

Daan aarzelde. Als Sven ook ging, kon hij toch moeilijk nee zeggen. 'Goed. Hoe laat?'

Krijn gooide zijn peuk in de goot. 'Halftien.'

Ze stapten op en reden samen verder, het spoor over tot het eind van de straat. Daar gingen Krijn en Sven de Rijksweg op.

Daan sloeg linksaf de Kerkstraat in. Nog een klein stukje, dan was hij thuis. Hij ging langzamer rijden en klemde zijn kaken op elkaar. Dat had hij weer knap stom geregeld. Natuurlijk mocht hij niet naar de XS, dat wist hij nu al. Hij hoefde het niet eens te vragen. Maar dat had hij niet gezegd, hij durfde niet. Krijn had het zo losjes voorgesteld. Alsof het normaal was dat iedereen van zijn ouders naar de XS mocht. Nou, hij toevallig niet en daar was hij best kwaad om. En jaloers ook. Op Krijn, die zo makkelijk overal over dacht. Zelf leek hij ook wel stoer, maar dat was de buitenkant. Van binnen was hij nu al zenuwachtig. Omdat hij thuis moest vragen of hij naar de XS mocht.

Toen het jongerencafé een jaar geleden opende, mocht hij er niet naartoe. Maar intussen was hij bijna veertien. Hij moest het goed aanpakken vanavond. Het juiste moment en de juiste stemming afwachten. En dan achteloos vragen: *Mag ik naar de XS?*

Nee, hij moest juist niks vragen, gewoon zeggen: *Ik ben naar de XS.* Met zijn jas aan, zodat hij meteen de deur uit was voor ze tegen konden sputteren.

Of, nog mooier, misschien zat zijn moeder wel te lezen. Dan kon je vragen wat je wilde. Ze zei toch altijd: *Eh, ja...*

Als zijn vader dan later moeilijk deed, kon hij altijd nog roepen: *Het mocht van mama, ze heeft het zelf gezegd.* Hij zag het voor zich. Zijn moeder met een schuldig rood hoofd. En zijn vader, die zich vertwijfeld afvroeg hoe ze zoiets goed kon vinden. Intussen glipte hij mooi weg. Hij had er al vaker succes mee geboekt. Handig als je moeder boekenwurm was. Bibliothecaresse, noemde ze het zelf.

Hij opende het tuinhek en liep glurend langs het huis. Pech, ze zat niet te lezen. Ze stond in de keuken. Met tranen in de ogen sneed ze uien, hij rook het toen hij binnenkwam. Maar ze was vrolijk, ondanks de tranen. Dus hij maakte nog kans.

Hij kroop achter de computer en chatte, tot de een na de ander afhaakte om te eten. In de keuken rook het intussen lekker. Maar dat was dan ook alles.

Hij keek op de klok. Halfzeven. 'Zal ik vast de tafel dekken?' bood hij aan. Daar kon hij zijn moeder ook gunstig mee stemmen.

Ze droogde haar handen af en keek nu ook op de klok.

9

'Wacht nog maar even. Papa had nog een belangrijke bespreking. Ik verwacht hem niet voor halfacht thuis.'

'Halfacht?' schrok hij.

'Moet je soms weg?' Ze keek hem onderzoekend aan.

'Nee,' deed hij neutraal. Dat was natuurlijk een fout antwoord. Hij wilde wel weg, alleen nu nog niet. Maar dat durfde hij niet te zeggen. Hij trok de kastdeur open en pakte een zakje paprikachips.

'Nee, Daan, geen chips meer voor het eten. Strak heb je geen trek meer.'

Hij mikte de chips terug en klapte het kastje dicht. Als zijn vader gewoon op tijd thuiskwam, dan hoefde hij niet aan de chips om te overleven. Maar nee hoor, zijn vader deed iets gewichtigs. Niet thuis, maar bij een bank. En meestal in een driedelig pak met zo'n opgeknoopte stropdas. Benauwend leek hem dat, vooral die das. Zo zou hij later nooit rond willen lopen.

Niet boos worden, bedacht hij op tijd. Dat verkleinde zijn kansen. Hij leunde tegen de deurpost. 'Het ruikt zo lekker, wat eten we?'

Zijn moeder liet champignons in de pan glijden. 'Boeuf á la bourguignonne.'

Hij lachte. Zijn zus Margot kon die naam zo prachtig uitspreken. Overdreven deftig, alsof ze een Franse freule was. 'Eet iedereen mee?'

Zijn moeder roerde voorzichtig met een pollepel in de pan. 'We zijn maar met z'n drietjes, Margot en Tim moeten werken.'

Hij liep naar de kamer, zette de tv aan en ging op de bank zitten. Ze aten dus met zijn drieën. Dat was in zijn nadeel. Margot en Tim schoten hem wel eens te hulp, als hij in zijn eentje tegen zijn ouders moest opboksen. Maar vanavond dus niet. Margot was al negentien. Ze studeerde rechten en had veel vrije tijd. Veel meer dan hij. In het begin had hij nog even gedacht dat dat ook wel iets voor hem was. Zij had zo weinig colleges. Studeren leek hem wel wat, maar geen rechten. Er waren veel te veel regels en wetten. Die moest je allemaal kennen. Nee, hij werd toch liever journalist. Dan hoorde je altijd als eerste dat er iets aan de hand was. En je mocht bekende mensen interviewen. Hij had zich aangemeld voor de schoolkrant. Daar schreef hij elke maand een stukje voor. Deze keer mocht hij het interview doen: De vijf vragen. Hij had al een afspraak met een journalist gemaakt.

Tim was al zeventien en zat in het eindexamenjaar. Op vrijdagavond werkte hij, net als Margot, bij pizzeria Mamma Mia. Zij in de bediening, hij bezorgde pizza's. Intussen reed Tim wel mooi op zijn zelf verdiende scooter rond.

Met een beetje mazzel kon Daan straks ook bij de Italiaan gaan werken. Maar daar moest hij nog even mee wachten. Als je dertien was, bijna veertien, mocht je niks. Geen geld verdienen. Geen scooter rijden. En ook niet op stap. Maar vanavond ging het gebeuren, dat nam hij zich voor. Hij keek nog eens op de klok. Kwart over zeven. 'Zal ik de tafel dekken?' vroeg hij poeslief met zijn hoofd om de keukendeur.

Zijn moeder knikte.

Nog geen seconde later hoorde hij de voordeur. Zijn vader kwam thuis, een koffertje in de hand en een grotere op wieltjes achter zich aan trekkend. Hij zag er moe uit. Dat werd weer snurken op de bank vanavond. Geen wonder ook, zijn vader werkte veel te hard. Laatst, toen er een derde koffer met papieren mee moest naar het werk, was hij met zijn vader meegelopen naar de auto. Een oude man, die zijn hondje uitliet, was blijven staan. Hij had gevraagd of ze op vakantie gingen. Niks vakantie. Alleen maar werk. Dat kon best minder, vond Daan. Te hard werken was echt niet gezond.

Daan worstelde met het tafellaken, dat maar niet glad wilde liggen. Intussen peilde hij de stemming. Papa schonk twee glazen rode wijn in, zoende mama en hief het glas. 'Proost, op het weekend.'

Op het weekend? Dat klonk goed. Dat vergrootte meteen zijn kans om weg te mogen. Nu alleen nog even het juiste moment afwachten.

Zorgvuldig legde zijn vader zijn bestek op het lege bord. In gedachten verzonken leunde hij achterover. 'Wat heb je toch weer lekker gekookt, liever,' verzuchtte hij.

'Dank je schat.' Zijn moeder raakte met haar vingertoppen even zijn vaders hand aan. Hij merkte het niet.

Daan prikte een champignon aan zijn vork en keek naar het verstrooide gezicht. Als hij nu aan zijn vader zou vragen wat hij gegeten had, zou hij niet eens antwoord kunnen geven. Zou hij de proef op de som nemen? Nee, hij keek wel uit. De stemming was best. Die ging hij niet verknallen. Hij stond op om de tafel af te ruimen en de vaatwasser te vullen. Helemaal uit zichzelf, daar kon hij nog mooi een paar punten mee scoren.

Het viel zijn moeder op. 'Jij hebt vast iets nodig.'

'Hoezo?' Hij deed alsof hij haar niet begreep.

'Anders is er altijd ruzie over wie de vaatwasser in moet ruimen.'

'Vandaag niet, omdat ik alleen ben. Die ruzies liggen dus niet aan mij.'

'Grapjas,' lachte ze, en ze vergat dat hij iets nodig had.

Zijn vader was in de grote leren stoel gaan zitten met een dampend kopje espresso naast zich. In zijn hand hield hij een glas, waarin hij de goudbruine cognac zacht liet walsen. Het ultieme genieten, had hij dit wel eens genoemd. Ondertussen volgde hij het laatste restje van het achtuurjournaal.

Daan ging op de bank zitten en voelde zijn zelfvertrouwen groeien. Als zijn vader zo genoot van zijn cognac, met zijn espresso binnen handbereik, dan zat het goed. Nu moest hij alleen nog even op de timing letten. Voor je het wist, ging het journaal over in een actualiteitenprogramma, dat werd opgevolgd door een voetbalwedstrijd en voor- of nabeschouwingen. En dan kreeg hij er geen speld meer tussen.

Hij wachtte gespannen tot het einde van het journaal, en hield zelfs zijn mond tijdens het weerpraatje. Maar toen de reclame begon, greep hij zijn kans. Beter te vroeg dan te laat weg.

Hij schoof van de brede bank en stond op. 'Ik ga nog even naar de XS.' Hij zei het alsof het de normaalste zaak van de wereld was. Maar het leek alsof hij een scherpe handgranaat de kamer in had gegooid.

Zijn vader zat opeens rechtop en keek hem aan. 'Naar de XS? Dat lijkt me geen goed idee.'

Daan keek alsof hij het niet begreep, alsof hij altijd op vrijdagavond naar de XS ging. 'Waarom niet?'

'In dat kleine jaar dat de XS bestaat, is er al narigheid genoeg geweest,' vond zijn vader.

'Hoezo?' Daan trok een onschuldig gezicht.

Zijn vader haalde de schouders op. 'Dat heb je uitgebreid in de kranten kunnen lezen, en anders heb je het vast wel gehoord. Vechtpartijen, problemen met de buurt.'

Daan keek zijn moeder aan, in de hoop dat hij bij haar

steun zou vinden. Maar ze had haar pareloorbel uitgedaan en wreef zenuwachtig met haar vingers over haar oorlel. Op haar hoefde hij deze keer niet te rekenen. Dan moest hij het dus zelf doen. En meteen goed. 'Pap, er kan overal iets gebeuren. Dat wil niet zeggen dat de XS fout zit.'

Zijn vader keek hem aan. 'Het is er om de haverklap raak.'

Daan bestudeerde heel even het plafond. Tjonge, wat kon die man overdrijven. Daar moest hij toch iets tegen inbrengen. Meteen wist hij wat. 'Weet je eigenlijk wel wat XS betekent?'

'Nou?' Zijn vader keek hem vragend aan, alsof hij het antwoord echt niet wist.

'XS staat voor extra small, en dat slaat op de leeftijd van de bezoekers,' vertelde Daan, helemaal zeker van zichzelf.

'Ja,' knikte zijn vader, 'en uit de tap komt zeker limonade?'

Nu kwam zijn moeder toch even tussenbeide. 'Niet zo flauw doen, schat. Je weet heus wel dat er bier uit de tapkraan komt, maar daar moet je zestien voor zijn. Ze verkopen heus wel frisdrankjes.'

Daan viel haar bij. 'Het is het enige jongerencafé in het dorp, pap. In de andere cafés zie je alleen maar oude mannetjes biljarten of bejaarden kaarten.' Tim had dat ooit verteld. 'Verder is er hier niets te beleven.'

'Dat is nog geen reden om naar de XS te gaan.' De stem van zijn vader klonk opeens ernstig.

Daan schrok ervan, maar hij was niet van plan zo makkelijk op te geven en deed nog een laatste poging. 'Er is echt niks aan de hand met de XS, pap, mijn halve klas gaat ernaartoe.' Dat laatste verzon hij zelf, misschien maakte het indruk.

'Dat is dan jammer voor die ene helft. Gelukkig is de andere helft zo verstandig om niet te gaan. En gelukkig hoort mijn zoon bij de verstandige helft, ik had trouwens niet anders verwacht.'

Daan begon zich op te winden. 'Wat heeft dat nou met verstand te maken?' Hij zei het veel harder dan hij wilde.

'Die eigenaar deugt niet,' zei zijn vader, nog steeds met diezelfde ernstige stem.

'Pap, ik ben bijna veertien!'

'Voorlopig ben je nog dertien. En al was je zestien dan mocht je nog niet naar de XS.

Als je het dan precies wilt weten: die man heeft een verleden, hij is een ex-drugsverslaafde. En ik vind het schandalig dat uitgerekend zo iemand een jongerencafé moet beheren.'

Daan begon nu echt zijn geduld te verliezen. 'Hoor je wat je zegt?' riep hij. 'Hoor je het zelf? Je zei ex-drugsverslaafde. Dat betekent dat hij het nu niet meer is.'

'Dat betwijfel ik,' zei zijn vader rustig. 'Zijn oude vriendjes uit het drugscircuit komen allemaal bij hem over de vloer.'

'O ja?' schreeuwde Daan. 'En hoe weet jij dat dan? Ben je daar soms geweest?'

Zijn vader trok een vies gezicht. 'Ik kijk wel uit, maar ik heb andere verhalen gehoord en die waren niet zo best. Laten we er nu maar over ophouden. Dat café deugt niet en jij gaat daar niet naartoe. Afgesproken?'

Hij keek naar Daan, maar die was witheet. 'Weet je wat het met jullie is?' schreeuwde hij.

Zijn vader liet het glas nog eens walsen en keek hem vragend aan. 'Nou?'

'Jullie stikken van de vooroordelen, tegen alles en iedereen. Jullie weten alles beter, maar als jullie doodgaan, hebben jullie niet eens geleefd. Als je maar niet denkt dat ik ook zo wil worden.'

'Natuurlijk niet.' Zijn vader klonk zo akelig kalm, die man leek wel een zombie. 'Maar jij gaat niet naar de XS. Afgesproken?'

'Ik kruip wel in mijn bed, en ik kom er maandagmorgen pas uit. Prettig weekend!' schreeuwde Daan. Met een knal trok hij de deur achter zich dicht en stampte de trap op naar zijn kamer. Daar liet hij zich op zijn bed vallen, woest, witheet, en helemaal buiten adem. Met zijn armen stijf over elkaar geklemd dacht hij na. Tjonge, wat een vooroordelen hadden zijn ouders. En altijd commentaar. Maar intussen zat hij mooi met het probleem opgescheept. Wat moest hij tegen Krijn en Sven zeggen? Dat hij niet mocht? Hij was toch zeker geen kleuter! Zijn adem werd rustiger. Hij sprong op en begon heen en weer te lopen om na te denken. Toen ging zijn mobiel.

Het was Sven. 'Hi, ik mag niet.'

'Hoezo niet?'

Daan hoorde een diepe zucht. 'Ach, een boel gezeur met mijn ouders. Een lang verhaal, maar ik mag niet naar de XS.'

Daan voelde de opluchting. 'Ik ook niet. Misschien kunnen jouw ouders samen met de mijne een clubje oprichten, de Bezorgde Bejaardenclub. Of misschien wel gewoon de Fossielenclub. Daar gaan onze mooie plannen. Wat nu?'

'We kunnen bij mij een dvd kijken. Krijn komt ook.'

'Ik ben al onderweg,' zei Daan opgelucht. 'Alles is beter dan hier opgesloten zitten.'

Toen hij beneden kwam, was hij eigenlijk alweer vergeten dat hij zo kwaad was geweest. Hij greep zijn jas van de kapstok en liep de kamer binnen. 'Ik ben naar Sven, we gaan een film kijken, is dat goed?' zei hij.

Zijn ouders knikten, alsof er nooit iets voorgevallen was.

2

In het gelige licht van de straatlantaarns reed Daan over het fietspad langs de Rijksweg. Hij dook diep in de kraag van zijn jas en rilde. Af en toe gleden de koplampen van een auto voorbij. In de donkere weilanden naast het fietspad loeide een onzichtbare koe. Daarachter fonkelde het licht van wat overdag een boerderij was. Een kilometer of vijf verderop, precies in een flauwe bocht, lag het huis van Sven.

Toen Daan de oprit naderde, gleed net de grote, ijzeren poort open. Vanuit de garage draaide een auto met een boog naar buiten, het grind knarste onder de wielen.

Daan trapte uit alle macht. Zijn voorwiel ploegde zich door de dikke grindlaag en liep vast. Hij stapte af en wachtte op de auto die hem langzaam tegemoetreed. Het was een zwarte, glanzend in het licht van de poort. Alle auto's bij Sven thuis waren zwart en glanzend, zijn vader was begrafenisondernemer. Zijn moeder werkte ook in het bedrijf en laatst had Sven trots verteld dat zijn oudste broer voortaan de lijkenverzorging mocht doen. Daan had hem met ontzetting aangekeken. Lijkenverzorging? Dat klonk gruwelijk. Maar Sven had uitgelegd hoe belangrijk het was, dat een dode zo mooi mogelijk in de kist lag. Het moest er natuurlijk uitzien, alsof iemand tevreden lag te slapen. Dat was een troost voor de familie.

Daan bleef het een vreemd beroep vinden. Maar aan de andere kant was het niet zo raar, want iedereen ging dood.

Zeker in zijn dorp. Daar woonden alleen maar oude mensen, het was er maar een dooie boel. Hoe vaak was er geen begrafenis als hij langs de kerk fietste? En altijd was Svens vader erbij, met zijn zwarte slipjas, zijn zwarte handschoenen en een ernstig gezicht onder de glimmende, hoge hoed. Thuis was meneer Anderson vrolijk. Als hij met zijn familie in Zweden belde, hoorde je overal in huis zijn bulderende lach.

Daan trok zijn fiets een stukje opzij om de auto ruimte te geven. Het raampje zoemde geluidloos naar beneden, van achter het stuur keek meneer Anderson hem aan. 'Hallo, Daan, jullie gaan er een leuke avond van maken? Nou, wij ook. Veel plezier.' Toen hij lachte, liet hij twee grote rijen witte tanden zien. Svens moeder zwaaide.

Terwijl Daan om de villa heen liep, hoorde hij de ijzeren poort achter zich dichtschuiven. Hij belde aan bij de keukendeur, maar nog voor hij zich bij de intercom kon melden, ging de zoemer en kon hij de deur openduwen. Sven had hem natuurlijk al via de camera gezien. 'We zitten in de kelder,' kraakte hij door de intercom.

Krijn was er al, maar die woonde in een boerderij om de hoek. Met reusachtige stallen vol jonge mestvarkens, en dat kon je ruiken ook. Alleen als je erlangs reed, Krijn had dat luchtje niet. Gelukkig voor hem.

Daan ging op een van de banken zitten en werd opgeslokt door dikke, donzige kussens. Hij keek naar de tafel die bezaaid lag met dvd's, en vandaar naar Krijn die stond te neuzen in de kast waar de hele collectie films bewaard werd. 'En? Hebben jullie al iets uitgezocht?'

Sven pakte een dvd van de tafel en gaf hem aan Daan. 'Ik vond deze wel leuk. En dit lijkt me ook wel wat.' Hij greep er nog een. 'Maar Krijn weet nog niet wat hij wil.'

Daan bekeek de titels. 'Ze lijken me allebei wel leuk.'

'Ik weet het niet,' zei Krijn kortaf.

Daan aarzelde. 'We kunnen misschien een potje poolen, als je dat liever doet.' Hij knikte in de richting van de grote pooltafel, die wat verderop in de kelder stond en keek vragend van Krijn naar Sven.

'We nemen eerst wat te drinken. Goed?' Sven stond op en liep naar de bar aan de andere kant van de pooltafel.

Daan volgde hem en hees zich op een barkruk. Krijn sloot de glazen kastdeurtjes en slenterde onverschillig naar de bar. Hij trok een kruk naar zich toe en nam een slok.

'Zitten we toch nog aan de bar,' bromde hij.

Daan begreep de mineurstemming. 'Wel een andere bar dan afgesproken.'

Met een klap zette Sven zijn glas neer. 'Ja, belachelijk dat we niet naar de XS mochten. En weet je waarom niet?' Hij wachtte even. 'Omdat die eigenaar nogal agressief wordt als hij gedronken heeft.'

'Wat?' Daan keek hem verbaasd aan. 'Hebben jouw ouders dat gezegd?'

Sven knikte.

Daan boog zich naar hem toe. 'Weet je wat de mijne zeiden?'

'Nou?'

'Ze zeiden dat de eigenaar een junk is. Nou ja, een ex-verslaafde dan.'

Het bleef even stil, toen zei Krijn: 'Weet je wat ik denk? Dat het smoesjes zijn. Ze willen het liefst dat je braaf thuis op de bank blijft zitten, daarom verzinnen ze maar iets. De een zegt verslaafd, de ander agressief. Dat zijn wel twee verschillende dingen, maar intussen houden ze je mooi aan het lijntje.'

Daan dacht aan het verhaal van zijn vader. Dat was zeker om indruk te maken. Alleen maar omdat hij een keer naar een jongerencafé wilde.

'Wat zeiden jouw ouders eigenlijk?' vroeg hij aan Krijn
'Niks.'

'Helemaal niks?'

Krijn haalde zijn schouders op. 'Ik heb niet verteld dat we naar de XS gingen, ik zag de bui al hangen. Ik heb gewoon gezegd dat ik naar Sven ging.'

Je kon wel merken dat Krijn een jaar ouder was, dacht Daan. Van hem kon je leren hoe je met je ouders om moest gaan. Jammer dat hij dat niet een paar uur eerder had geweten, dan had hij ook gezegd dat hij naar Sven was. Nu was het te laat.

'Zeg, Sven, hoe laat komen je ouders thuis?' vroeg Krijn.

'Heel laat, ze zijn naar een feest.'

'Dan zitten we hier eigenlijk voor niks braaf te zijn,' vond Krijn. 'Er is niemand die het merkt als we naar de XS gaan.'

Sven keek van de een naar de ander. 'Meen je dat serieus?'

'Dat hadden we toch afgesproken?' zei Krijn. 'Dit is onze kans.' Met grote slokken dronk hij zijn glas leeg en greep zijn jas. 'Zullen we?'

Daan wist niet meer zeker of hij nog durfde. Die waarschuwingen waren toch niet allemaal verzonnen? Daar moest toch iets van waar zijn? 'Ik heb geen geld bij me,' bedacht hij.

Krijn greep naar zijn portemonnee. 'Ik leen je wel. Is tien euro genoeg?'

Langzaam vouwde Daan het briefje op en stak het in de zak van zijn spijkerbroek. 'Dat is meer dan genoeg. Ik bedoel, we gaan alleen maar even kijken hoe het daar is.'

'Precies,' zei Krijn en hij liep alvast de trap op, gevolgd door Daan. Sven kwam aarzelend achter hen aan.

De fietsenrekken voor de XS waren vol, maar ze vonden een vrij plekje tegen de gevel. Daan had een kettingslot waarmee hij alle drie de fietsen aan elkaar vastmaakte. Je wist het maar nooit met zo'n café.

Krijn hipte ongeduldig van zijn ene been op het andere. Hij wist van elke fiets binnen drie maanden een wrak te maken. Het zadel stond in wiebelstand, de bagagedrager brak af, op de plaats van de voorlamp bungelde een draadje en van de rechtertrapper was alleen nog een ijzeren spijltje over. Het gebeurde vanzelf, Krijn deed het niet met opzet. Zo was hij nu eenmaal.

'Kom je nog?' riep Krijn vanaf de deur. 'Ze blijven niet de hele nacht open.'

'Rustig maar,' maande Daan. Hoe moest hij thuis uitleggen dat zijn fiets voor de XS gestolen was, terwijl hij bij Sven zat? Hij borg de sleuteltjes veilig op in zijn broekzak en liep achter zijn vrienden aan.

Een wolk van warmte en muziek daalde op hem neer toen hij de drempel overstapte. Hij sloot de deur achter zich en keek om zich heen. Eigenlijk had hij zich een totaal andere voorstelling van de XS gemaakt. Flitsender, meer hightech. De schrootjeswand, de bruine bar en het donkere plafond deden ouderwets aan. De verlichting was goed, net als de muziek. Er was zelfs een dj, en overal klonk gelach boven het geroezemoes uit. Hij zag alleen maar jonge mensen, op een paar oude mannen na. Die stonden helemaal achterin, in een donker hoekje bij de bar.

'Heb je het koud?' riep Krijn. Hij en Sven hadden hun jassen al aan de kapstok gehangen. Daan volgde hun voorbeeld en liep achter hen aan. De zaak was lang en smal, met halverwege wat extra ruimte voor een verhoogde dansvloer. Hij liep achter zijn vrienden aan naar de bar, waar Sven drie cola bestelde. Toen draaide hij zich om en leunde tegen de bar. Op de dansvloer waren een paar meisjes uitbundig aan het dansen.

Krijn gaf hem een por. 'Zie je dat blonde meisje, met die lange haren?'

Daan keek. Hij keek nog eens en schrok. Was dat Bibi, zijn buurmeisje? Hij had haar niet zo gauw herkend. Ze had haar ogen opgemaakt en haar paardenstaart veranderd in een lange bos haar, die wild rond haar verhitte gezicht zwierde. Zie je wel, Bibi mocht ook naar de XS, terwijl ze even oud was als hij. Hij moest haar straks laten zweren, dat ze absoluut niets tegen zijn ouders vertelde. Ze stond wel eens voor de deur met zijn moeder te praten. Als ze vertelde dat ze hem bij de XS had gezien, was hij de klos.

Opnieuw gaf Krijn hem een por. 'Ik ga met haar dansen.'

'Dat is Bibi, mijn buurmeisje.'

Krijn zette grote ogen op. 'Jouw buurmeisje? Zo... en daar heb jij mee in de zandbak gespeeld? Mazzelaar.'

Daan keek hem na toen hij de dansvloer opsprong en naar Bibi liep. Hij tetterde iets in haar oor. Ze stond stil, keek naar de bar. Toen trok ze het meisje dat naast haar danste, bij de arm en wees. Samen zwaaiden ze naar de bar.

Daan zwaaide terug, nog steeds verbaasd over de grote metamorfose van zijn buurmeisje. Zijn ogen zochten het meisje naast haar. Wauw! Was dat Bibi's vriendin? Hij had haar nooit eerder gezien, of wel? Nee, want dat zou hij wel weten. Wat zag ze er leuk uit. Zijn ogen konden haar niet loslaten. Zou hij naar haar toe gaan, met haar dansen? Hij keek wel uit. Stel je voor dat ze nee zei. Dan stond hij mooi voor schut. Had hij maar net zoveel lef als Krijn. Die stapte overal op af. Moest je hem eens zien. Hij danste met de souplesse van een olifant. Zo meteen zakte hij nog door de vloer.

Daan schoot in de lach en draaide zich om. Daarbij raakte hij de elleboog van zijn buurman, een jongen met een bril, die net een biertje had besteld. De drank klokte met een grote boog uit het glas.

'Sorry,' schrok Daan. Hij keek naar het halflege glas. 'Ik bestel wel een nieuwe.' Wachtend op zijn beurt zag hij in een flits een paar woeste ogen op zich gericht, van een man die in een hoekje aan het eind van de bar stond. Hij voelde zich niet op zijn gemak. Toen hij, voorzichtig, nog eens die kant uitkeek, was de man verdwenen.

'Zeg het maar,' riep de vrouw achter de bar tegen hem.

'Een bier,' antwoordde hij.

De vrouw vroeg niet eens hoe oud hij was en tapte een glas bier. Hij gaf het aan de jongen, die hem vriendelijk bedankte.

Daan keek om zich heen. Behalve Bibi was er niemand die hij kende. Of was dat Mo die daar binnenkwam? Ja, hij had het goed gezien. Mo zat in de eindexamenklas en woonde bij hem in de buurt. Daar kwam hij al aan. Hij bestelde een Spa blauw en dronk het in een teug leeg.

'Dorst?' vroeg Daan.

'Ik kom net van training,' zei Mo.

Dat was waar ook. Mo zat op judo. Daar was hij heel goed in. Hij stond wel eens in de krant. 'Gaat het goed?' vroeg Daan. Maar Mo was alweer weg.

Intussen was het drukker geworden. Het café vulde zich

met geroezemoes van stemmen. De muziek werd harder gezet. Een meisje in het zwart klom op een barkruk en gaf de slinger boven de bar een zwieper. Die deinde met de muziek mee. Het publiek joelde, niemand werd er kwaad om.

Daan voelde de spanning van zich afglijden. Het waren verzinsels van zijn vader, hier was niets aan de hand. Waar zou Sven trouwens gebleven zijn? Hij liep richting de dansvloer.

Opeens werd hij hardhandig bij zijn kraag gegrepen. Iemand had hem stevig vast en sleurde hem een paar meter mee. Daan voelde zijn schoenen over de grond slepen. Hij werd abrupt losgelaten en bleef met moeite overeind. De man met de boze ogen keek hem aan. 'Dat flik je me geen tweede keer meer!' Toen baande hij zich een weg door de drukte, terug naar de bar.

Verbijsterd bleef Daan staan. Zijn vingers gleden voorzichtig naar de plek waar de man hem zo hardhandig had beetgepakt. De muziek speelde gewoon door, er klonk nog steeds gelach en geroezemoes. Maar het leek van ver te komen. In de donkere hoek bij de bar stond een magere man naar hem te kijken.

Daan slikte, hij stond nog steeds roerloos midden in het gewoel. Hij begreep er niets van. Wat had die man met het korte lontje ook al weer gezegd? *Dat flik je me geen tweede keer!* Hij had toch niets gedaan? Waar ging dit over? Dit moest een vergissing zijn, dat kon niet anders. Hij vond er geen bal meer aan. Het liefst ging hij naar huis, maar dat kon hij niet maken. Krijn danste en Sven was spoorloos. Hij kon zich schuilhouden in de toiletten, dan had hij van niemand last. Achter het oude mannenclubje waren twee donkerbruine deuren, dat zouden de toiletten zijn. Moest hij dan langs de man met het korte lontje? Nee, gelukkig, die stond er niet.

Daan schuifelde langs de barkrukken naar het slecht verlichte hoekje. Op goed geluk greep hij de klink van de linkerdeur. Die zat op slot, de sleutel stak in het slot. Hij aarzelde.

'Wat moet dat?' klonk het achter hem.

Daan keek om. Daar stond de magere man.

'Ik zoek de toiletten.'

'Je kunt toch lezen?' De man wees naar een klein, koperen plaatje op de deur. In het halfdonker kon Daan het opschrift met moeite lezen. 'Privé.'

De man wees op de tweede deur. Daar moest het toilet zijn, maar voor de zekerheid zocht Daan eerst even naar het plaatje. 'Toilet', stond erop. Hij mompelde sorry en trok de deur open. Er was niemand. Hij wachtte tot de deur achter hem dichtviel en leunde met zijn voorhoofd tegen de koude, klamme tegels. Wat een neptent. Hij wou naar huis, nu meteen, voor hij de man met het korte lontje nog eens tegenkwam. Hij zou het zijn vrienden later wel uitleggen. Toen hij de deur opende, keek hij in het lachende gezicht van Sven.

'Hela, Daantje!'

'Had je het gezien?' vroeg Daan.

'Wat?'

Daan haalde zijn schouders op. 'Ach, laat ook maar.'

Sven legde een hand op Daans arm en wees naar de dansvloer. 'Heb je Krijn zien dansen?'

Daan keek. Krijn danste nog steeds met Bibi, het zweet droop langs zijn gezicht. 'Hij danst als een olifant,' bromde Daan.

Sven lachte. 'Bibi vindt hem geloof ik wel leuk. Ik heb trouwens dorst, ik ga een cola halen. Wil jij ook?'

Met tegenzin liep Daan achter Sven aan naar het begin van de bar. Daar gluurde hij naar het donkere hoekje. Die man stond er niet meer. Meteen voelde hij een klap op zijn schouder. Hij keek om, recht in het lachende gezicht van de man met het korte lontje. Hij voelde zich niet op zijn gemak. Wat moest die man van hem?

De man klopte nog een paar keer op Daans schouder. 'Sorry van daarnet, ik had het niet helemaal goed gezien. Ik dacht dat je het bierglas van mijn zoon uit zijn handen sloeg. Maar hij vertelde me net dat het een ongelukje was, en dat jij een nieuw biertje voor hem besteld had. Nogmaals sorry, het was niet zo bedoeld. Ik heet trouwens Henk. Wil je wat drinken?'

Voor Daan kon reageren, draaide Sven zich om met twee glazen cola in zijn handen.

'Ik betaal,' riep de man en hij wurmde zich langs Sven heen om af te rekenen.

'Wie is dat?' vroeg Sven.

'Kom.' Daan ging verderop staan, weg van de man.

'Wat aardig dat hij voor ons betaalt. Ken je hem?' vroeg Sven.

'Hij is niet aardig,' zei Daan, 'maar dat leg ik later nog wel uit.' Hij leunde tegen de muur en zag dat de man weer naar zijn oude mannenclubje was teruggekeerd. Wat moest zo'n ouwe vent hier? Die zoon had wel aardig geleken. Zielig voor die jongen. Je moest er toch niet aan denken dat je vader mee ging als je op stap wilde. Een vader die eerst ruzie maakte, en dan pas vroeg wat er aan de hand was. Dat was toch niet normaal! Daan boog naar voren om nog eens naar de mannen achter aan de bar te kijken. Opeens zag hij Krijn. Met een glas in de ene hand, en Bibi met de andere achter zich aan trekkend, kwam hij naar hen toe.

'Het is weer druk,' riep Bibi en ze lachte.

'Weer?' vroeg Daan. Hij moest moeite doen om boven de muziek uit te komen. 'Kom je hier vaker?'

'Alleen op vrijdag,' vertelde Bibi. 'Op zaterdagavond is hier niet veel te doen. Dan gaan de meesten naar de stad.'

Krijn keek haar aan. 'Zo, dat klinkt als een feestbeest. Ga jij op zaterdag ook naar de stad?'

Ze trok een spijtig gezicht. 'Ik mag niet.' Opeens keek ze Daan indringend aan. 'Ik mag trouwens op vrijdag ook niet hierheen, dus zeg alsjeblieft niets tegen mijn vader.'

'Als jij dan ook niets tegen mijn ouders zegt,' antwoordde Daan. 'Die vinden het hier veel te gevaarlijk.'

'Nou, gevaarlijk...' Bibi haalde haar schouders op. 'Als het druk wordt, zoals nu, gaat de eigenaar bij de deur staan. Hij laat echt niet iedereen binnen, maar zelf doet hij wel eens raar. Hij spoort niet, heeft een beetje te veel van de pilletjes gesnoept. En als hij een slok op heeft, krijgt hij losse handjes. Maar meisjes doet hij niets, hoor. Toch kun je dan beter maken dat je wegkomt. Maar ja, er is hier verder niets te beleven in dit dorp.'

Daan volgde haar blik naar de deur. 'Is die magere man de baas hier?' Dat verbaasde hem. Die had doodleuk toe staan kijken hoe iemand de vloer met hem aanveegde, zonder ook maar een hand uit te steken. Hij was zeker bevriend met die oude mannen.

Bibi knikte. 'En die vrouw achter de bar, met dat donkere haar, is zijn vrouw. Of zijn vriendin, dat weet ik ook niet precies.' Opeens begon ze te zwaaien. 'Daar komt Anouk! We moeten gaan want anders... Ik haal de jassen vast.'

'Ik ga mee,' zei Krijn. Toen keek hij van Daan naar Sven. 'Wij gaan toch ook naar huis?'

Daan knikte opgelucht. Hij had allang spijt dat hij naar dit stomme café was gegaan.

De magere man hield de deur voor hen open. Nu kon Daan hem beter zien. Wat een pokkengezicht, met al die putjes erin leek het wel een grindtegel.

Buiten boog hij zich over zijn fietsketting. Vanuit zijn ooghoek zag hij Krijn bij Bibi staan. Hij sloeg haar mobiele nummer op in zijn toestel. Bibi haalde een elastiekje uit haar broekzak waarmee ze haar paardenstaart samenbond. Ze viste een pakje tissues uit haar andere zak en met een geroutineerd gebaar veegde ze de make-up van haar gezicht. Anouk deed hetzelfde. Nu inspecteerden ze elkaar. De grote metamorfose, maar dan in omgekeerde volgorde.

'Goed?' vroeg Bibi.

Anouk knikte. 'En ik?'

'Prima,' zei Bibi, 'op naar huis.'

Anouk was lopend, ze woonde vlakbij. Het was maar een klein stukje terug, in een zijstraat van de Hoofdstraat.

Daan greep zijn kans. 'Spring maar achterop, dat kleine eindje om maakt niets uit.'

Ze sprong achterop, Daan verloor bijna zijn evenwicht en reed zwalkend door. Ze sloeg haar arm om hem heen voor houvast. De anderen reden druk kletsend voor hem uit, hun stemmen galmden hol over straat. Maar Daan hoorde geen woord. Hij voelde alleen die arm om zich heen en toen, ineens, haar warme hoofd tegen zijn rug. Zijn adem ging sneller, zijn benen werden traag als stroop.

Krijn zat achterstevoren op zijn fiets. 'Hé, Danny boy! Wel blijven trappen!'

'Ik kom eraan,' mompelde Daan.

Anouk trok haar hoofd weg van zijn rug. 'Ben ik te zwaar?'

'Nee, nee! Blijf lekker zitten.'

Met haar hoofd weer tegen zijn rug maakte hij vaart. Hij reed ze allemaal voorbij, zo licht als een veertje.

'Stop! We zijn er!' riep Anouk.

Hij maakte een noodstop, waardoor ze bijna van zijn fiets tuimelde. Maar hij greep haar arm nog net op tijd vast. Zo stonden ze even sprakeloos tegenover elkaar. Hij zou zweren dat haar ogen de kleur van viooltjes hadden. Maar het was te donker om dat met zekerheid te zeggen.

'Gaan we nog?' vroeg Sven. 'Ik wil naar huis.'

Daan liet Anouk los. 'Nou, dag.'

'Dag.' Ze zwaaide hem na.

Ze reden terug langs de XS, tot het eind van de straat, waar Sven en Krijn rechtdoor reden. Daan en Bibi sloegen links-af. Net voor ze in de Kerkstraat verdwenen, hoorden ze Krijns stem. 'Bye beauty!' Toen Daan omkeek, zag hij hoe Krijn met een zwierig gebaar een handkus zijn kant uitstuurde. Die was vast niet voor hem bestemd.

Het laatste stukje reed hij zwijgend naast Bibi. Bij hun hui-zen remden ze af.

'Je zegt toch niets tegen mijn vader?' fluisterde Bibi.

'Geen woord,' beloofde Daan.

Hij ging meteen door naar bed, dan hoefde hij ook niet te liegen over zijn avond bij Sven. Zijn moeder had een extra zintuig, ze merkte het meteen als hij loog.

Hij zat nog even achter zijn computer en kroop toen met een tijdschrift in bed. Juist toen hij het blad opensloeg, tril-de zijn telefoon.

'Ik ben weer thuis,' meldde Sven. 'En weet je wat het mooie is?'

'Wat dan?' vroeg Daan.

'Mijn ouders zijn er nog niet, die weten dus niet dat wij weggeweest zijn. Dat kunnen we wel vaker doen.'

Daan luisterde verbaasd. Sven was nogal voorzichtig aangelegd, soms op het bange af. Zo'n enthousiaste reactie had hij niet verwacht. Maar Sven wist niet dat die man hem bij de kraag gegrepen had.

'Hallo... ben je daar nog?' vroeg Sven.

'Ja, hoor,' zei Daan. 'Ik dacht even na.'

'Jij vond het toch ook leuk?'

'Mmm, niet zo,' zei Daan. Hij had geen zin om erover te praten. 'Ik zie je nog.'

Hij legde zijn mobiel weg en pakte zijn tijdschrift, maar van lezen kwam niets meer. Hij zag Henk met zijn boze ogen weer voor zich, en de eigenaar met het gezicht als een grindtegel. Waarom had die niets gedaan toen Henk hem te grazen nam? Wat deed dat groepje ouwe kerels eigenlijk in zo'n jongerencafé?

Hij legde zijn tijdschrift weg en knipte het spotje boven zijn bed uit. In het donker bleven zijn gedachten malen. Een echte journalist zou onderzoek kunnen doen en de gang van zaken uitpluizen. Maar hij was nog lang geen journalist, en voorlopig had hij zijn buik vol van de XS. Daar liet hij zich niet meer zien. Zijn vader had gelijk, die Grindtegel was een rare. Stom dat hij gegaan was. Achteraf had hij spijt, maar achteraf was altijd te laat. Volgende keer liet hij zich niet meer ompraten. Ze bekeken het maar, hij ging niet meer mee.

Krijn had duidelijk de smaak te pakken. Van de XS, maar ook van Bibi.

Daan sloot zijn ogen. Hij zag Krijn weer naar de dansvloer lopen, recht op zijn doel af. Had hij zelf maar wat meer lef. Hij had niet eens Anouks mobiele nummer gevraagd. Dat had hij wel gedurfd, misschien, maar hij had er niet eens aan gedacht. Hij had alleen maar die blauwe ogen gezien... Toch had hij haar een lift gegeven, dus zo'n enorme sukkel was hij niet.

Viooltjesblauw, ik hou van jou, dacht hij. Langzaam dreef hij weg, met haar arm om zich heen.

3

Hij mocht dan wel zijn buik vol hebben van de XS, maar hij was wel de enige. Moest je Sven horen. Het leek of stappen in de XS het hoogtepunt van zijn leven was. De hele week was hij er vol van.

Daan werd het beu. 'Je mag wel op je woorden letten,' waarschuwde hij. 'Straks praat je thuis je mond voorbij, en dan hebben we echt een probleem.'

'Ik kijk wel uit,' stoof Sven op. 'Als ze erachterkomen, zit ik zeker een paar weken binnen. En ik hoop dat we vrijdag weer gaan.' Hij keek naar Daan, en toen die niet reageerde, naar Krijn. Maar die merkte niets, omdat hij druk aan het sms'en was. Pas toen hij zijn mobiel in zijn zak stopte, keek hij hen triomfantelijk aan. 'Yes, ik heb een date! Met Bibi, vrijdagavond om halftien bij de XS. Anouk gaat ook mee.'

'Wij ook,' zei Sven.

'Ik weet het niet.' Daan aarzelde, toen vertelde hij het verhaal van Henk die hem zo ruw te pakken had genomen.

'Je bedoelt die aardige man, die onze drankjes betaalde?' vroeg Sven.

'Hij betaalde ons drinken omdat hij me te pakken had genomen, niet omdat hij zo aardig was,' bromde Daan.

'Maar dan heeft hij het toch goed gemaakt?' vond Sven.

Daan haalde zijn schouders op. 'Ja, als je het zo bekijkt…

Hij had zijn handen thuis moeten houden, het was echt niet leuk. Ik snap trouwens niet wat die oude mannen daar moeten. Zeker vriendjes van de Grindtegel.'

'Van wie?' vroeg Sven.

'Van die magere man met dat gezicht als een grindtegel,' antwoordde Daan.

'Nou, die Grindtegel kun je dan morgenavond eens mooi in de smiezen houden,' vond Krijn. 'Bibi zei trouwens dat Anouk jou wel zag zitten.'

'Anouk?' Daan voelde dat hij een kleur kreeg.

'Weer een reden om morgen mee te gaan, jij krijgt het nog druk,' lachte Krijn. 'We moeten alleen even afspreken wat we thuis zeggen, zodat we een waterdicht alibi hebben. Zitten we weer bij Sven, zogenaamd?'

'Ik weet niet of mijn ouders morgenavond weer weg zijn,' sputterde Sven. 'Misschien zijn ze wel thuis.'

Krijn dacht even na. 'Zullen we zeggen dat we naar de film gaan? De late film begint toch pas om halftien, dus dat komt mooi uit.' Vragend keek hij zijn vrienden aan.

'Ik weet het niet,' zuchtte Daan weer. 'Ik heb geen zin om elke vrijdagavond van die smoezen te verzinnen. Straks vragen ze nog naar welke film we geweest zijn, dan moeten we daar weer over liegen.'

'Wat kun jij zeuren,' zei Krijn. 'Je lijkt zelf wel een oude man.'

'Ik heb gewoon geen zin meer in die XS.'

'Please, Danny boy, doe het dan voor mij.' Krijn viel bijna op zijn knieën. 'Dit is mijn eerste echte date.'

'De jouwe, ja.'

'Maar ik ga toch niet in mijn eentje op stap. Bibi en Anouk rekenen op ons…'

33

'Oké,' zei Daan en hij dacht aan Anouk. 'Maar alleen voor deze ene keer nog.'

Daan zag het al vanuit de verte: het was veel drukker bij de XS dan de vorige keer. De stoep lag bezaaid met fietsen, en de rekken puilden uit. En midden tussen al die wielen en sturen wachtten Bibi en Anouk.

Daan zag ze en minderde vaart. 'Zullen we onze fietsen hier neerzetten, tegen de zijkant van de schoenwinkel?'

Krijn kwakte zijn karretje tegen de donkere gevel en liep met stoere passen naar de XS. Sven volgde zijn voorbeeld.

Daan aarzelde even met zijn kettingslot. 'Ach, laat ook maar,' bromde hij. Hij zette zijn fiets op slot en dacht bij zichzelf: als ze nu met zijn vieren naar binnen gaan, draai ik om en ga naar huis. Maar ze stonden druk kletsend op hem te wachten. Anouk kwam hem zelfs een stukje tegemoet. Zomaar? Of had ze ook zo'n zweverig hoofd en een dichtgeknepen keel? Zou het vanavond iets tussen hen worden? Hij keek haar aan. Ze lachte. Zie je wel, hij had het toch goed gezien die eerste keer. Haar ogen waren viooltjesblauw.

Samen liepen ze naar de deur, die meteen openzwaaide.

Meneer Grindtegel waakt persoonlijk over ons, concludeerde Daan, toen hij de man met het gehavende gezicht passeerde. Hij rilde even, terwijl hij het niet koud had, en liep verder de zaak in.

Krijn had Bibi's hand vast en trok haar achter zich aan naar de bar. 'Zullen we eerst wat drinken?'

Ze lapten geld en Krijn bestelde vijf cola.

Nippend aan zijn glas keek Daan de bar langs. De jongen met de bril zat er weer. Zou hij zijn vader deze keer ook meegenomen hebben? Daans ogen gleden naar het hoekje achter aan de bar. Ja hoor, de hanggroep was weer present. Hij bekeek het groepje en vroeg zich af hoe oud die mannen waren. Toch zeker veertig, ouder kon ook nog. Hij vond het moeilijk om hun juiste leeftijd te schatten. Maar een ding was zeker, ze hoorden allang niet meer in een jongerencafé. Die korte, die met de rug naar hem toe stond, had al een kale plek op zijn achterhoofd. Opeens ontmoetten zijn ogen die van Henk. Een fractie van een seconde keken ze elkaar aan. Daan zag een lach verschijnen op het gezicht. Hij deed alsof hij het niet merkte en keerde de man de rug toe. Dacht die gifkikker nou echt dat ze vriendjes waren?

Anouk klopte op zijn hand. 'Is er iets? Je kijkt zo pissig.'

Hij trok zijn hand terug. 'Sorry, ik ben gewoon chagrijnig, geloof ik.' Dat laatste kwam er een beetje aarzelend achteraan, alsof hij het zelf nog niet zeker wist. Was hij chagrijnig? Nee, niet echt. Het was meer een gevoel van onrust waar hij last van had. En toch ook iets van woede, omdat hij hier was terwijl hij dat eigenlijk niet wilde. En moest dat gevoel de hele avond verzieken? Dan kon hij net zo goed meteen naar huis gaan. Of zich eroverheen zetten.

Hij keek naar Anouk en zag de teleurstelling op haar gezicht. 'Sorry,' begon hij opnieuw en meteen voelde hij de irritatie weer opvlammen. Hij had nog geen twee zinnen tegen haar gezegd, maar al wel twee keer sorry. Daar moest hij snel mee stoppen. Mensen die voortdurend sorry riepen, waren ezels, vond hij. Hij klokte het laatste beetje cola naar binnen, keek haar aan en wist zelfs een lach op zijn gezicht te forceren. 'Ik was chagrijnig,' zei hij, met de nadruk op was. 'Maar nu is het over.'

De dj kwam tussenbeide met de aankondiging van een nieuw nummer.

35

'Dat komt goed uit, dat het over is, bedoel ik,' zei Anouk, 'want dit is toevallig míjn nummer. Zullen we dansen?' Zonder zijn antwoord af te wachten, trok ze hem mee de dansvloer op, waar ze helemaal uit haar dak ging.

Daan vergat zijn pestbui. Hij vond haar mooi, met die blauwe ogen en die lange, zwarte wimpers. En ze zag er zo grappig uit, met dat kleine, ronde neusje. Als ze lachte, kreeg ze kuiltjes in haar wangen, en ze lachte vaak. De volgende vijf nummers bleef hij met haar dansen. Wat minder uitbundig dan zij, maar hij bewoog. En nog best goed ook. Af en toe zag hij een glimp van Sven, die steeds weer ergens anders opdook. Maar telkens met een lachend gezicht. En intussen bedacht hij dat dansen ook nog voordeliger was dan aan de bar hangen en cola drinken. Want zijn zakgeld was er nog niet op berekend om elke week uit te gaan.

Na het vijfde nummer merkte hij dat je van dansen wel warm en dorstig werd. Hij keek opzij, waar Krijn zijn eindeloze olifantendans opvoerde en vroeg zich af hoe die dat volhield. Toen sprong hij van de dansvloer.

'Ik ben zo terug,' riep hij tegen Anouk, die hem verbaasd nakeek. Op het toilet draaide hij de koude kraan open en liet het water over zijn polsen stromen. Toen nam hij een paar flinke slokken. Terwijl hij zijn handen afdroogde, kwam er iemand binnen. Het was Henk. Kon dit toeval zijn?

Henk ging naast hem staan en draaide de kraan open. 'Ook aan het opfrissen?'

Daan knikte, een beetje onwillig, maar je kon iemand toch moeilijk negeren als je zo dicht naast elkaar stond.

Henk schudde zijn natte handen af. 'Wil je soms wat roken?'

'Nee,' mompelde Daan.

'Het is gratis, je krijgt het van mij,' drong hij aan.

'Ik rook niet,' zei Daan.

'Maar dit is goed spul.' Langzaam liep hij naar Daan toe.

Toen zwaaide de deur open. Krijn stond op de drempel. Zilveren zweetdruppels glinsterden in zijn haar. Henk liep rakelings achter Daan langs naar de deur. Krijn zette een stap opzij om hem door te laten. Toen sloot hij de deur en keek naar Daan. Met zijn gezicht nog rood van het dansen vroeg hij: 'Wie was die engerd?'

Daan liet de handdoek los. 'Dat was Henk. Je weet wel, die aardige man die de drankjes voor Sven en mij betaalde.' Hij trok een vies gezicht bij het woord aardig.

'Wat kwam hij doen?'

Daan leunde op de wastafel. 'Zich opfrissen, tenminste, dat zei hij.'

Krijn kwam naast hem staan. 'Heeft hij je iets gedaan?'

'Nee,' schudde Daan. 'Hij was juist heel erg aardig. Hij bood me wat te roken aan, goed spul en nog gratis ook. God, wat is dat toch een aardige man.' Hij klemde zijn handen om de koele, stenen wasbak.

'Een drugsdealer?'

Daan keek op. In de spiegel ontmoette hij de grote, verbaasde ogen van Krijn. Typisch Krijn, altijd goedgelovig. Bijna naïef. Daan haalde zijn schouders op. 'Weet ik veel wat die mannen daar in dat donkere hoekje uitspoken. Ik kan het niet zien, niemand ziet het. Misschien delen ze wel gratis snoepjes uit.'

'Echte snoepjes of…'

'Misschien doen ze stiekem iets in je glas als je even niet oplet.' Daan zweeg geschrokken, hij leek zijn vader wel. 'Ach, laat maar.'

Hij deed een stap opzij om ruimte te maken voor Krijn. Die dronk met gulzige slokken uit de kraan en gooide een plens water in zijn gezicht. Toen keek hij naar Daan. 'Hé, Danny boy, come on, wij blijven lekker op de dansvloer. Daar hebben we nergens last van. Je laat toch door één zo'n knakker je avond niet verpesten?'

'Het is niet alleen die ene man, en dat groepje in de hoek,' hield Daan vol. 'Wat dacht je van die baas met zijn grindtegelgezicht? Toch ook geen type waar je blij van wordt. Zie je dat dan niet?'

Krijn haalde zijn schouders op. 'Ik heb er geen last van.'

Nee, dacht Daan, dat is geen wonder. Krijn zag alleen maar Bibi, de rest van de wereld was tijdelijk buiten beeld.

Krijn keek op zijn horloge. 'Zullen we nog even blijven, een uurtje nog?' Hij keek zo hoopvol, dat Daan geen nee kon zeggen. En Anouk was er ook nog. Als hij met haar danste, had hij nergens last van. Hij volgde Krijn, die zich door het overvolle café richting dansvloer wurmde.

Opeens klonk er een schreeuw, gevolgd door een vloek. Toen brak de hel los. Het leek of alle mensen tegelijk in beweging kwamen, maar allemaal een andere kant uit wilden. Daan werd naar voren geduwd, opzij gedrukt en half geplet tussen de deinende massa. Hij verloor zijn evenwicht, probeerde zich vast te grijpen aan een arm die hem meteen weer wegduwde. Eerst was hij alleen maar bezig overeind te blijven. Tegelijkertijd moest hij zijn hoofd beschermen tegen armen die onbesuisd in het rond maaiden. Er was een ogenblik, een fractie van een seconde maar, waarin hij de kans kreeg om zich heen te kijken. Overal waren vechtpartijen uitgebroken. Hij moest hier weg. Maar hoe? Hij maakte zich klein en wist zo een paar meter vooruit te komen. Toen begon de strijd weer om overeind te blijven. Hij wist nog een paar meter te veroveren. In het voorbijgaan zag hij de dansvloer. Leeg. Waren Krijn, Bibi en Anouk op tijd de dans ontsprongen? En waar was Sven? Hij wrong zich tussen armen en benen door naar de kant. Meteen deinde er weer een kluwen op hem af. Hij werd haast geplet tegen de muur, maar hij was er bijna. Daar was de deur al. Nog een paar meter. Er kwam ruimte. Opeens kreeg hij een stomp op zijn kaak. Knalhard. Hij keek opzij en zag nog net de zwaaiende barkruk op zich afkomen. Hij dook in elkaar en nam een sprint. Vlak voor de deur kreeg hij nog een duw in zijn rug. Van de Grindtegel? Toen was hij buiten.

De straat was versperd. Een meisje liep hysterisch te gillen. Een jongen dwaalde doelloos rond terwijl het bloed langs zijn gezicht drupte. Daan hoorde iets achter zich. De Grindtegel gooide iemand naar buiten en draaide de deur op slot. De jongen bleef opgerold naast Daans voeten liggen. Daan wilde opzij gaan, maar zijn voeten bewogen niet. Wezenloos staarde hij voor zich uit. Hij probeerde zijn arm op te tillen. Het lukte. Zachtjes voelde hij aan zijn kaak. In de verte loeiden sirenes. Toen stopte er een scooter, pal voor zijn voeten. Het was Tim.

'Stap op!' schreeuwde Tim.

Roerloos keek Daan hem aan.

'Vlug! Stap op!' riep Tim nog een keer. Hij greep Daan beet en trok hem naar zich toe. Als in trance stapte Daan achter op de scooter. Zigzaggend tussen de mensen reden ze weg.

Sputterend minderde de scooter vaart om met een boog de stoep op te draaien. Tim reed niet langs het tuinhek, maar stopte bij de voordeur. 'Stap maar af,' zei hij en hij schakelde de motor uit.

Daan stapte af en bleef als een robot staan, wachtend op een nieuw commando.

Tim zette zijn scooter op de standaard en pakte hem bij de arm. Daan trok in een reflex zijn arm terug.

'Kom maar,' zei Tim, 'het is goed, we zijn thuis.' Hij legde zijn hand op Daans schouder en voerde hem met zachte dwang naar de voordeur, waar hij aanbelde. Het licht in de gang floepte aan en het koperen luikje piepte.

'Mam,' riep Tim. Want dat kon haast niet missen, zijn moeder deed om deze tijd nooit de deur open zonder eerst door het luikje te kijken wie er op de stoep stond.

'Tim, wacht even.'

De voordeur zwaaide open. 'Daan! Wat is er met jou gebeurd?' Ze sloeg haar handen voor haar mond om een kreet van schrik te smoren. Toen pakte ze zijn handen vast en trok hem naar zich toe.

Als een zombie schuifelde hij over de drempel naar binnen.

'Ik zet mijn scooter achterom,' zei Tim en hij verdween om de hoek.

Daan bleef op de deurmat staan. Hij had niet het gevoel dat hij huilde, toch liepen de tranen over zijn wangen.

Aan het eind van de gang ging een deur open. Door de mist zag Daan een schim naderen, die dichterbij zijn vader bleek. Samen schuifelden ze de kamer in, waar iemand een stoel onder de tafel uittrok. Daan ging zitten.

'Wat is er toch gebeurd?' vroeg zijn vader.

Op dat moment kwam Tim binnen. 'Hij lijkt wel in een shock. Toen ik hem vond, stond hij als een zombie voor zich uit te staren. Midden op straat.'

Daan rilde. Opeens wist hij weer wat er gebeurd was. Hij vouwde zijn handen voor zich op tafel, legde zijn hoofd erop en snikte. Heel kort. Toen haalde hij zijn neus op, en veegde met zijn mouw langs zijn wang. 'Au!'

'Heb je pijn? Laat eens kijken.' Zijn moeder schoot dichterbij. 'Je wang is dik. Moet ik er iets kouds opleggen?'

Hij schudde zijn hoofd. 'Laat maar, ik moet er gewoon niet aankomen.'

'Het is wel een flinke, rode plek,' zei zijn moeder bezorgd. 'Wat is er gebeurd?'

'Opeens werd er gevochten. Ik wilde naar buiten, maar kon er niet uit. Toen kreeg ik een klap. Iemand wilde met een barkruk slaan, maar ik dook weg. En daarna...' Hij dacht na. 'Wat er daarna gebeurde, weet ik niet, dat stukje ben ik kwijt. En toen was ik thuis.'

'Werd er gevochten in de bioscoop?' vroeg zijn moeder.

Daan keek naar Tim, maar die zweeg. Nu moest het hoge woord eruit. 'Ik was bij de XS.' Hij boog zijn hoofd en wachtte gelaten op het commentaar dat komen zou. Hadden ze het niet gezegd? Hij was toch gewaarschuwd? Toen het stil bleef, keek hij op. 'Ik ga er nooit meer naartoe.'

'Dat is dan zuur lesgeld, joh,' zei zijn vader.

'Onvoorstelbaar,' zuchtte zijn moeder. 'Wat bezielt mensen toch om zo tekeer te gaan?'

'Het was gewoon niet normaal,' vertelde Tim. 'Ik kwam van mijn werk en kon er niet eens langs. Er rolden mensen over de grond, en ze liepen midden op de weg. Daan stond er doodstil bij, hij leek wel een standbeeld.' Hij schudde zijn hoofd, alsof hij de beelden weer opnieuw voor zich zag. 'Was je helemaal alleen naar de XS gegaan?'

Nu werd Daan pas echt wakker. 'Krijn en Sven!' schrok

hij. 'Ik zag ze nergens meer, ik moet ze bellen of alles goed
is.' Hij stond op om zijn telefoontje uit zijn broekzak te vis-
sen en drukte de sneltoets voor Krijn in.

'Hi, Danny boy, alles goed?'

'Waar ben je?' vroeg Daan.

'Ik sta met Sven voor je deur, maar we durfden niet aan
te bellen. We hebben je fiets meegezeuld. Oh ja, en je jas
heb ik ook nog mee kunnen pikken.'

'Ik kom eraan,' zei Daan.

'Je gaat toch niet meer weg?' schrok zijn moeder.

'Krijn en Sven staan voor de deur.'

'Laat ze even binnenkomen,' riep ze hem na.

Daan trok de voordeur achter zich dicht en nam de fiets
over van zijn vrienden. Samen liepen ze achterom naar binnen. In het licht van de keuken keek Daan zijn vrienden een
voor een aan. 'Alles goed?' vroeg hij nog een keer. 'Geen
klappen gehad?'

'Wij niet,' zei Krijn. 'Jij wel, zo te zien.'

Daan pakte een fles frisdrank en glazen en ging hen voor naar
de kamer. 'Het was niet normaal,' zei hij. 'Ik stond helemaal
achterin, bij de toiletdeur. Opeens ging iedereen aan het du-
wen en vechten. Snap je hoe dat kan?'

'Ik wel,' zei Krijn, 'ik heb het zien gebeuren. De Grindtegel begon.'

'De Grindtegel?' onderbrak Daans moeder hem.

'Zo noemen we de baas van de XS,' legde Krijn uit.

Ze begreep het niet. 'Grindtegel? Maar waarom?'

'Omdat zijn gezicht even glad is als een grindtegel,' zei Krijn.

'Vertel eens verder,' drong Daans vader aan. 'Wat is er precies gebeurd?'

42

'Ik sprong net op de dansvloer,' vertelde Krijn. 'Die is wat hoger, en ik keek recht op de ingang. Toen zag ik dat de Grindtegel iemand naar de keel vloog.' Hij keek Daan aan. 'Die donkere jongen, je weet wel, hij werkt 's avonds als vakkenvuller bij de super.'

'Mo,' knikte Daan. 'En die is nog wel zo relaxed.'

'Precies,' ging Krijn verder. 'En hij bleef ook rustig, maar die Grindtegel ging tekeer als een gek. Meteen sloeg de vlam in de pan. Ik greep de meiden beet en sleurde ze mee naar buiten. Daar stond Sven al te wachten.'

'Ik was het eerste buiten,' zei Sven. 'Ik hoorde die Grindtegel schreeuwen en vloeken, en ik dacht: ik wacht wel even buiten.'

Daan schoof naar het puntje van zijn stoel. 'En toen?'

Krijn nam een paar slokken en zette zijn glas neer. 'Eerst hebben we Bibi en Anouk weggebracht, naar Anouks huis. Daar waren ze veilig en het was vlakbij. Toen zijn we teruggegaan om te kijken waar jij was. Maar jij stapte net bij je broer op de scooter.'

'En toen kwam de politie,' zei Sven. 'Met sirenes en zwaailichten kwamen ze aanscheuren.'

'Ja, en weet je wat er toen gebeurde?' riep Krijn. 'Je gelooft het niet. Op het moment dat de politiewagens stopten, vloog de deur van de XS open. De vrouw van de Grindtegel stoof naar buiten, keek even rond tot ze Mo zag, en toen begon ze te schreeuwen en te wijzen. "Hij heeft het gedaan! Hij heeft het gedaan!" riep ze naar de politie. Maar hij heeft echt niets gedaan, hij kreeg de kans niet. Hij kwam binnen en meteen vloog de Grindtegel hem aan.'

'Wat een rotstreek,' zei Daan, 'om Mo zomaar de schuld te geven. Dat kan toch niet?'

'Dat zei ik ook tegen de politie,' zei Krijn.

'Wat?' riep Daan.

'Ik zei wat ik gezien had.'

'En toen?' vroeg Daan.

'Ze hebben mijn nummer genoteerd, en ze bellen me om me te horen,' zei Krijn tevreden. 'Heb ik niks gedaan, zie ik toch het politiebureau eens van binnen.'

'Goed, hè?' Sven keek met bewondering op naar Krijn.

'Ja,' zei Daan.

'Die agent ging zelfs mee naar binnen om onze jassen te halen,' schepte Sven op.

'Zo zo,' reageerde Daans vader. 'Wat een leuk café als je met de politie je jas op moet halen.'

'Ik ga er nooit meer naartoe,' verzekerde Krijn hem.

'Ik ook niet,' viel Sven hem bij. 'Ik kijk wel uit.'

Krijn keek Daans ouders aan. 'Het was trouwens mijn idee om erheen te gaan. Daan wou niet, echt niet. Ik heb hem gek gezeurd, of hij alsjeblieft meeging. Ik had een date, maar ik wou niet alleen.'

Daans moeder knikte. 'Je had het net over Bibi. Dat is toch niet Bibi van hiernaast?'

Krijn lachte. 'Jawel.'

'Was zij ook bij de XS? Nou, de buurman zal niet blij zijn als hij dat hoort.'

'Mam, je gaat het toch niet vertellen?' schrok Daan.

Zijn moeder aarzelde. 'Stel je voor dat er daar iets met haar gebeurt… Dan denkt de buurman vast en zeker: had me maar gewaarschuwd.'

'Bibi gaat ook niet meer naar de XS, nooit meer,' pleitte Krijn. 'Dat heeft ze zelf gezegd. En Anouk ook.'

Daan bestudeerde het gezicht van zijn moeder. Ze leek gerustgesteld.

De achterdeur ging open. Margot kwam thuis.

'Ach, meid,' zei haar moeder, 'moest je zo laat werken van-avond?'

'We hebben nog wat gedronken met het personeel.' Ze keek de kamer rond en schrok van Daans gezicht. 'Wat is er met jou gebeurd?'

'Dat is een lang verhaal,' zei Daan. 'Maar Krijn wil het vast nog wel een keer vertellen, of niet?'

'Heel kort dan,' zei Krijn, 'ik moet zo naar huis, anders krijg ik op mijn kop.' Als een razende reporter deed hij op-nieuw verslag.

'Dat is toch niet normaal,' reageerde Margot. 'Belachelijk! Dan komt er eindelijk een jongerencafé in het dorp, krijg je zoiets. Als mevrouw Grindtegel maar weet dat het doen van valse aangifte strafbaar is.'

'En zij kan het weten,' viel Daan zijn zus bij, 'zij studeert rechten.'

'Ons advocaatje,' plaagde Tim.

Margot negeerde zijn opmerking. 'Wat goed van je dat je je bij de politie hebt gemeld. Ik ben benieuwd of je er nog wat van hoort.'

'Anders ik wel,' zei Daan en hij gleed met zijn hand langs zijn pijnlijke kaak.

4

Op maandag was de rode plek op Daan zijn kaak blauw. Natuurlijk hadden ze er op school grapjes over gemaakt. 'Klapjes gehad?' vroeg de lolligste van de klas. Daan liet het maar zo. De pijn was weg, maar dat was dan ook het enige goede nieuws, dacht hij terwijl hij door de miezerige regen naar huis reed.

Hij mikte zijn rugzak naast het bureau en knipte de lamp aan. Wat een pokkenweer. Het werd maar niet licht vandaag. Hij had zin in iets warms, liep naar de keuken en zette de waterkoker aan. Met een dampende kop thee naast zich begon hij aan zijn huiswerk. Toen ging zijn telefoon.

'Ben je thuis?' tetterde Krijn in zijn oor.

'Ja.'

'Dan kom ik eraan. Goed?'

'Is er iets?' vroeg Daan, maar Krijn had al opgehangen.

Even later stond hij voor de deur. Al bij de onderste trede van de trap barstte hij los. 'Ik ben bij de politie geweest. Ze belden me vanmorgen, of ik vanmiddag om een uur langs kon komen. Dat kwam mooi uit, want toen hoefde ik de laatste twee lessen niet meer naar school.'

Daan was razend benieuwd. 'En? Hoe ging het?'

'Die agent had zo'n dossier naast zich liggen.'

Daan draaide zich om en zag hoe Krijn met zijn vingers wel zo'n tien centimeter aanwees. Dat zal hooguit de helft geweest zijn, dacht Daan bij zichzelf.

'Volgens mij hebben ze zo ongeveer iedereen gehoord die erbij was,' zei Krijn.

'Probeer daar dan maar eens een touw aan vast te knopen,' bromde Daan. 'Iedereen was daarbinnen aan het vechten.'

'Ja, maar weet je wat ik echt het toppunt vind?'

'Nou?'

'Die Grindtegel heeft aangifte gedaan wegens mishandeling!' De verontwaardiging droop van Krijns gezicht.

'Wat!'

'Ja, je hebt het goed gehoord,' knikte Krijn. 'Die smiecht heeft gezegd dat hij door Mo is mishandeld! Wat zeg je daarvan?'

Daan ging zitten en zweeg.

Krijn trommelde ongeduldig op het bureau. 'Waarom zeg je niets?'

'Omdat...' Daan draaide heen en weer met zijn stoel. 'Omdat het gewoon niet te geloven is.'

'Mijn idee,' zei Krijn. Hij trok er een stoel bij, ging zitten en plantte zijn ellebogen op het bureau. 'Ik heb met eigen ogen gezien wat er gebeurde, en dan durft die Grindtegel aangifte te doen tegen Mo.'

'Wat een vieze, vuile oplichter,' zei Daan langzaam. 'Hij is nog erger dan ik dacht. Dit mag toch niet zomaar? Kan niemand daar dan iets tegen doen?'

'Ik,' zei Krijn. 'Ik heb die agent haarfijn verteld wat er is gebeurd. Hoe Mo binnenkwam en hoe die Grindtegel hem te grazen nam. Het was in een paar tellen gebeurd, maar die agent was er wel een uur mee bezig. Alles wilde hij weten. Waar ik precies stond, waar zij waren, hoe ver ik bij hen vandaan was... Alles schreef hij op. En ik dacht nog wel dat agenten zo'n spannend beroep hadden. Keihard rondscheuren met zwaailicht en sirene, achter boeven aanjagen. Maar nee hoor, ze zitten de hele dag achter hun computer. En ze typen nog langzaam ook, zeg.'

Daan schoot in de lach, dat was nou weer echt iets voor Krijn om zo te denken. Toen werd hij weer serieus. 'Zei die agent verder nog wat?'

'Hij klopte op die stapel papieren en zei dat het er steeds meer op ging lijken dat Mo vrijuit ging.'

'Dat is toch wel te hopen,' schrok Daan. 'Niets doen, en dan toch de schuld krijgen. Dat kunnen ze niet maken.'

'Hij schijnt heel goed te zijn in judo,' zei Krijn.

Daan knikte.

'Hij schijnt zelfs mee te doen aan kampioenschappen. Zelf zegt hij daar eigenlijk nooit iets over. Hij had de Grindtegel met een prachtige heupzwaai op de deurmat kunnen leggen.' Krijn schoot in de lach. 'Geweldig, ik zie het zo voor me.'

'Dan had Mo serieus een probleem gehad,' waarschuwde Daan.

'Ik weet het,' zuchtte Krijn. 'Nu loopt het misschien nog goed af. Over een dag of twee wordt het onderzoek afgerond, zei die agent. Ik denk dat ik even langs de super rijd om te kijken of Mo daar is, dan kan ik hem een beetje oppeppen. En dan koop ik meteen een pak koeken, ik rammel. Heb je zin om mee te gaan?'

Daan keek naar de schoolboeken op zijn bureau. 'Zin wel, maar ik moet leren.'

'Dat is het grote nadeel van school, al je vrije tijd gaat erin zitten,' grapte Krijn. Hij stond op, maar bij de deur bedacht hij zich. 'Heb je je mail al nagekeken?'

'Nee, hoezo?'

'Dan zou ik toch maar eens kijken als ik jou was,' deed Krijn geheimzinnig, 'misschien is het de moeite waard.'

'Vertel,' zei Daan.

'Nee, nu niet, jij moet toch leren? Leer niet te veel, anders verslijten je hersens.' Met een lachend gezicht trok Krijn de deur dicht. Twee seconden later ging de deur weer open. 'Niet stiekem je mail bekijken!' Pas toen vertrok hij echt.

Daan wachtte tot hij de voordeur dicht hoorde slaan en startte zijn computer op. Hij had een mailtje van Anouk. Anouk? Hoe kwam ze aan zijn adres? Domme vraag, van Krijn natuurlijk. Ze gaf een feestje, zaterdagavond, voor haar verjaardag. Of hij kwam, wilde ze weten. Natuurlijk kwam hij. Hij was gek op feestjes. En nog gekker op Anouk. Zoals zij naar hem keek… Ze gaf hem het gevoel dat hij speciaal was.

Hij bekeek het mailtje nog eens, en zocht tussen de regels door naar een teken dat zij ook verliefd was. Hij vond niets. Er landde een steen in zijn maag en dat deed pijn. Verliefd zijn deed pijn, vooral als het maar van een kant kwam. Hij was dus hopeloos verliefd. Pas toen zag hij dat het berichtje ook naar Bibi, Sven en Krijn verzonden was. En naar een paar anderen die hij niet kende. Geen wonder dat hij geen teken vond. Hij kreeg weer zin. Maar wat moest hij Anouk geven voor haar verjaardag? Hij had geen flauw idee wat ze leuk vond. Misschien konden ze met zijn vieren geld bij elkaar leggen en samen iets kopen. Bibi's mailadres had hij nu ook. Zij wist vast wel wat Anouk leuk vond. Snel gleden zijn vingers over het toetsenbord. Hij las het berichtje nog een keer na en klikte op verzenden. Toen boog hij zich weer over zijn boeken. Een uur later was hij klaar met zijn huiswerk. Nu het stukje voor de schoolkrant nog, maar eerst de mailbox checken. Het mailtje van Bibi gaf antwoord op zijn vragen. Anouk wilde graag een kettinkje en Bibi wist waar je dat kon kopen: in een klein sieradenwinkeltje in het centrum, vlak bij de supermarkt. Met zijn vieren konden ze dat best betalen. Zouden ze donderdagavond even gaan kijken? Dan was het toch koopavond.

Ze stalden hun fietsen bij de supermarkt en liepen naar het sieradenwinkeltje, Bibi voorop met Krijn naast zich, gevolgd door Sven en Daan. Het was een piepklein winkeltje, bijna onopvallend weggekropen tussen de supermarkt en een grote drogisterij. Toen ze alle vier binnenkwamen, was het winkeltje meteen vol. Een vrouw met lichtbruin, opgestoken haar zat aan een kleine tafel achter de toonbank sieraden te maken, met behulp van een fijn tangetje en een felle lamp. Ze stond op. 'Wat kan ik voor jullie doen?'

'We zoeken een kettinkje,' zei Bibi.

Daan schoot in de lach. Onder de glazen toonbank en in de vitrines aan de wand lagen en hingen honderden, misschien wel duizenden kettinkjes.

'Zoek je een bepaalde kleur?' De vrouw keek hen vragend aan.

Bibi haalde haar schouders op. 'Groen misschien?'

'Of blauw,' vulde Daan aan.

'Roze,' riep Sven. 'Dat is toch een meisjeskleur?' En hij keek hen aan met een gezicht, alsof hij wilde zeggen: dat heb ik toch maar goed bedacht.

Bibi trok een vies gezicht. 'Voor babymeisjes misschien, maar niet voor Anouk. Zij haat roze, dat weet ik zeker.'

'Ik zal eens wat laten zien,' zei de vrouw. Ze spreidde een blauw fluwelen doek op de toonbank uit, pakte links en rechts wat kettinkjes en legde ze op het fluweel.

Ze keken en zwegen.

De vrouw hing de kettinkjes terug en legde een paar andere neer.

Daan wees meteen naar de ketting met kleine, blauwe steentjes, glanzend gepolijst. 'Die vind ik mooi, die past precies bij de kleur van haar ogen.'

'Je hebt gelijk,' zei Bibi verrast. 'Ik wist niet dat jij daar verstand van had, buurman.'

'Je moest eens weten,' lachte Daan.

Krijn stond erbij met een gezicht alsof het hem boven de pet ging. 'Jammer dat ze geen roze ogen heeft, Sven.'

Daan had het kleine prijskaartje omgedraaid en het bedrag gedeeld door vier. Het kwam mooi uit. 'Zullen we deze nemen?'

Iedereen vond het goed.

'Is het een cadeautje?' vroeg de vrouw.

'Ja,' zeiden ze alle vier tegelijk.

De vrouw legde het kettinkje in een doosje met zijde, dat er op zich al duur uitzag, en maakte er een feestelijk pakje van. Bibi zou het zolang bewaren. Ze betaalden en liepen tevreden naar hun fietsen.

'Daar staat Mo!' riep Krijn opeens en hij wees naar de supermarkt.

Mo stond bij een van de kassa's te praten, onder zijn open jas was het shirt van de super zichtbaar.

'Hij moet zeker werken,' zei Krijn.

'Of hij is net klaar,' zei Daan, want Mo liep intussen naar de uitgang. Hij kwam recht op hen af en gaf Krijn een klap op zijn schouder. 'Ik heb een brief gehad van de politie, het onderzoek is afgesloten. Daar ben ik mooi vanaf. Bedankt, man.'

Krijn haalde zijn pakje shag tevoorschijn en rolde een sjekkie. 'Jij ook?' vroeg hij aan Mo. Maar die schudde zijn hoofd.
'Ik rook niet.'
'Vertel,' zei Krijn, 'wat gaat er verder gebeuren?'
Mo haalde zijn schouders op. 'Niets, denk ik. Ik ben overal vanaf.'
'En die baas van de XS?' vroeg Krijn.
'Geen flauw idee,' zei Mo, 'dat boeit me verder niet. Ik wil er helemaal niets mee te maken hebben. Mij zul je daar niet meer zien.'
'Ons ook niet,' verzekerde Daan hem.
Mo ritste zijn jas dicht. 'Ik ben ervandoor. Maar in ieder geval bedankt, joh.'
Krijn keek hem na. 'Nu ben ik nog vergeten te vragen of hij echt zo goed in judo is.'
'Ik moet gaan,' zei Bibi. 'Ik heb Anouk beloofd dat ik haar zou helpen de garage op te ruimen, vanwege het feest.'
'Moeten we helpen?' vroeg Krijn.
'Dat zou fijn zijn,' zei Bibi. 'Als je die garage ziet...'
Ze had gelijk, zag Daan, toen hij vijf minuten later de garage bekeek. Fietsbanden, kinderfietsjes, een kapotte hondenmand, stapels plastic bloempotten, een gieter met een gat, een paar kapotte tuinstoelen, een oude bank, houtblokken voor de haard, tuingereedschap en spinnenwebben.
Sven liet de moed zakken. 'Dat lukt ons nooit.'
'Dat is zo gepiept,' zei Krijn. 'We zetten die bank schuin in een hoek en gooien alle rommel erachter. Klaar.'
'Dat eerste idee is wel goed,' zei Daan. 'Maar dat tweede...' Vragend keek hij naar Anouk. Haar ogen hadden inderdaad de kleur van het kettinkje.
'Er moet wel wat weg,' vond Anouk.

Ze gooiden hun jassen op de bank en gingen aan het werk.

Op zaterdagavond was de garage niet alleen opgeruimd, maar ook nog van slingers, ballonnen en feestverlichting voorzien. En van een stereotoren. Tevreden keken Daan, Krijn en Sven om zich heen. Zij waren er het eerst, op Bibi na, die was 's middags al gekomen en bleef ook slapen.

Bibi gaf het cadeau. 'Het is van ons vieren, ik hoop dat je het leuk vindt. Zo niet, dan geven we Daan de schuld, want hij heeft het eigenlijk uitgekozen.'

'Bij de kleur van je ogen,' zei Sven, waarop Daan hem dreigend aankeek.

Anouk opende het doosje. 'Fantastisch! Dit vind ik echt heel mooi.' Ze keek Daan aan. 'Je hebt wel smaak. Mooi hoor, ik doe hem meteen om. Dank je wel, allemaal.' Ze zoende hen, Daan als laatste.

'Muziek!' riep Krijn en hij stoof op de stereo af.

Daan bleef in het hoekje bij de deur staan. Op zijn wang voelde hij de zachte, vluchtige lippen van Anouk. Zijn hand gleed er als vanzelf naartoe. Niet aanraken, bedacht hij op tijd. Hij wilde het gevoel bewaren.

5

Daan stond voor de garagedeur en nam afscheid van Anouk. Terwijl ze haar armen om hem heen sloeg, legde hij zijn hoofd op haar schouder. Zijn lippen gleden zoekend langs haar hals omhoog en vonden haar mond.

Binnen klonk zacht de muziek, maar behalve Bibi en twee klasgenoten was er niemand meer. Het feest was afgelopen.

'Hela, Danny boy, kom je?' riep Krijn die tegen zijn fiets hing te wachten.

'Ik geloof dat hij verliefd is,' zei Sven.

'Dat weet ik wel zeker,' lachte Krijn, 'maar mijn shag is op. Ik moet dringend nieuwe halen.'

Daan maakte zich met tegenzin los van Anouk en liep naar zijn fiets. 'Ik bel je morgen,' riep hij over zijn schouder. Hij had haar nummer gevraagd.

Ze reden de straat uit en draaiden linksaf de Hoofdstraat in. Bij de XS remde Krijn af. 'Even shag halen.'

'Hier?' schrok Sven.

'Zou je dat wel doen?' vroeg Daan.

'Het benzinestation langs de Rijksweg is al dicht.' Krijn zette zijn fiets op de stoep voor de deur. 'Maak je niet druk, joh, de automaat staat naast de deur. Over twee minuten ben ik weer buiten.'

Twee minuten? Twee seconden zou hij bedoelen. Hij opende de deur. Nog voor hij een stap binnen had gezet, vloog de Grindtegel hem naar de keel. Krijn snakte naar adem.

Zijn armen zwaaiden wild heen en weer. Hij zocht steun bij de muur, en vond houvast aan de buitenlamp. Die viel met een klap op de grond. Kapot.

De Grindtegel vloekte.

Hij wurgt hem, dacht Daan. Hij knijpt gewoon zijn keel dicht. Toen hield hij op met denken, liet zijn fiets los en sprong ertussen.

Nu werd de Grindtegel pas echt woest. Hij greep Daan bij de keel en smeet hem van zich af, tegen de fiets van Krijn. Met een smak landde Daan op de grond. Hij voelde de kale, stalen trapper in zijn rug steken en bleef liggen. Dichtbij hoorde hij Sven praten, volkomen in paniek.

'Politie! Vlug! Ze worden mishandeld.' Sven gilde door de telefoon. 'Hij wurgt ze. Dat is toch niet normaal, man! Het loopt helemaal fout. Bij de XS, ja.'

Daan kwam half overeind, leunend op zijn elleboog. Hij zag Krijn, die hijgend tegen de gevel hing, midden tussen de scherven van de lamp. Hij hoorde Sven huilend zijn neus ophalen en krabbelde overeind.

De cafédeur zat gelukkig dicht, de Grindtegel was weer naar binnen. Hij moest als een bloedhond achter de deur hebben gestaan.

Daan stapte over de fiets heen, haalde Krijn weg bij de muur en sloeg een arm om zijn schouder. 'Gaat het?'

'Mijn keel,' kreunde Krijn.

Ze liepen naar Sven, die zachtjes huilde. 'Ik heb 1-1-2 gebeld. De politie komt.'

'Dat mag ook wel,' bromde Daan. 'Dit is toch niet meer normaal?'

'Ze komen eraan, echt waar,' zei Sven. 'Ze kunnen er zo zijn.'

'We wachten hier,' zei Daan zacht. 'Dan kan de politie zelf zien wat die Grindtegel heeft gedaan.'

Toen hoorde hij opnieuw de cafédeur opengaan. Geschrokken keek hij om. De Grindtegel stond met de klink in zijn ene hand en hield de deur zo ver mogelijk open. Met de andere hand wees hij naar buiten. 'Hela,' riep hij tegen de mannen aan de bar. 'Hier buiten staan er drie, wie wil er vechten?'

Daan hield zijn adem in, terwijl hij naar de mannen aan de bar keek. Daar zat geen beweging in, en de cafédeur ging weer dicht. Wat zou er daarbinnen gebeuren? Door de ramen kon hij ze niet goed zien. Daan vertrouwde het zaakje voor geen meter en hij had geen zin om op nieuwe plannen van de Grindtegel te wachten.

'Kom,' fluisterde hij, 'we wachten verderop, bij de schoenwinkel. Daar zien we de politie ook wel aankomen.'

Ze raapten hun fietsen op en liepen veertig meter verder. Tussen de twee etalages van de schoenwinkel was een portiek, waar ze uit het zicht stonden. Ze moesten natuurlijk wel de politie in de gaten houden en stonden beurtelings op de uitkijk.

'Wat duurt dat toch lang,' zuchtte Sven.

'Wachten duurt altijd lang,' mompelde Daan.

'Niet als je 1-1-2 belt,' hield Sven vol, 'dat is juist voor spoedgevallen.'

Daan dacht na. Hoe lang wachtten ze nu al? Hij had er geen idee van. Voor zijn gevoel leek het wel een uur, maar het zou even goed een kwartier kunnen zijn. Hij keek naar Sven, die met een angstig gezicht naast hem stond. 'Als je wacht, lijkt het langer,' troostte hij.

'Klopt,' mompelde Krijn. Hij stond met zijn rug tegen de

etalage geleund en hield de straat in de gaten, intussen zacht langs zijn keel wrijvend.

'Heb je pijn?' vroeg Daan.

'Geen pijn, meer een akelig gevoel.' Opeens werden zijn ogen groot. 'Hij komt!'

'De politie?' vroeg Sven, en er klonk opluchting door in zijn stem.

'Nee, joh, de Grindtegel.'

Ze keken alle drie om de hoek van de etalage. De Grindtegel was zijn café uitgekomen en liep langzaam hun kant uit. Hij had iets in zijn hand. Daan kneep zijn ogen tot spleetjes, maar kon niet zien wat het was. Een zaklamp? Een knuppel?

'Zien jullie wat hij bij zich heeft?' Daan fluisterde, terwijl hij naar de Grindtegel keek. Stap voor stap kwam de man dichterbij.

'Ik kan het niet zien,' siste Daan. 'En ik blijf hier ook niet wachten tot ik het wel zie. Wegwezen!'

Ze gristen hun fietsen mee, en renden weg, te haastig om eerst op te stappen.

Al rennend probeerde Daan op zijn fiets te springen. Het lukte. Hij trapte stevig door, de overweg over, en voelde de ogen van de man in zijn rug. 'Linksaf,' riep hij, 'dan kan hij ons niet meer zien.' Hij sloeg de smalle straat naar het station in en remde. Krijns fiets stuiterde rammelend over de rails en Sven volgde, staand op de trappers. Ze stopten naast Daan.

'Die kerel spoort niet,' hijgde Krijn.

'Hij is knettergek.' Daan probeerde tussen de struiken langs de spoorlijn een glimp van de Hoofdstraat op te vangen. 'Volgens mij is hij weg, ik zie hem tenminste niet meer.'

'Ik sta te trillen op mijn benen,' zei Sven. 'Ik gleed zowat van mijn trappers af. Hij had iets in zijn hand. Zagen jullie dat?'

Daan knikte. 'Ik kon niet zien wat het was.'

'Snappen jullie waar de politie blijft? Ik heb toch echt het alarmnummer gebeld,' klaagde Sven. 'We hadden intussen wel vermoord kunnen zijn.'

'Het scheelde niet veel, ik dacht dat ik stikte,' zei Krijn.

'We wachten niet langer op de politie, we kunnen beter naar huis gaan,' vond Daan. Hij had last van steken in zijn zij. Als hij nu even rustig aan deed, zakte het wel weer. 'We lopen een stukje, tot aan het station, en dan fietsen we naar huis. Goed?'

Krijn knikte. 'Op de politie kunnen we wachten tot sint-juttemis, daar schieten we niets mee op.'

'Ik snap het niet,' mompelde Sven. Er klonk teleurstelling in zijn stem.

Daan keek hem aan. 'Wil jij liever wachten?'

'Nee,' zei Sven, 'nu niet meer. Ik wil naar huis.'

Met de fiets aan de hand slenterden ze verder, midden op de weg. Er was toch geen verkeer. De bellen van de overweg begonnen te rinkelen, een intercity raasde door het donker voorbij. Toen werd het weer stil. Achter hen draaide een auto de straat in. Daan keek om. Politie. 'Sven, kijk eens achter je.'

'De politie!' riep Sven uit. 'Zie je wel, ik zei toch dat ze zouden komen.'

Ze gingen opzij, om plaats te maken voor de politie. Daan stond op de stoep, trok zijn fiets naar zich toe en keek in de richting van de overweg. De politieauto naderde, gevolgd door nog twee wagens, terwijl de vierde juist de hoek om draaide. Vier politiewagens? Svens telefoontje had wel indruk gemaakt. Een beetje laat, maar ze hadden het wel serieus genomen.

Toen de eerste wagen dichtbij was, stak Daan zijn hand op, zodat ze wisten waar ze moesten zijn. Sven zette zijn fiets tegen het hek van het station en liep op de voorste politieauto af. Daar stapten twee agenten uit, een man en een vrouw. Ze liepen om de auto heen naar Sven, elk van een andere kant en grepen hem beet. De agent rukte Svens armen naar achter en drukte ze tegen elkaar op zijn rug.

Sven probeerde zich om te draaien. 'Ik heb jullie gebeld,' gilde hij.

Toen schoot de agente haar collega te hulp. 'Rustig!' riep ze. Ze drukte Svens gezicht tegen de politiewagen, haar nagels krasten rode strepen langs zijn kin.

Sven bleef niet rustig. Hij raakte volkomen in paniek, brulde, schreeuwde, huilde...

'Als je niet rustig blijft, krijg je handboeien om,' dreigde de agent. Hij duwde Sven in de wagen en sloot de deur af.

De agente liep intussen naar Daan, die doodstil naast zijn fiets stond. 'Legitimatiebewijs.' Ze stak haar hand uit.

Hij pakte zijn portemonnee, viste het plastic kaartje eruit en legde het in de uitgestoken hand. De agente liep ermee naar een andere auto en stapte in. Daar ging zijn legitimatiebewijs. Het was spiksplinternieuw. Hij had het nog geen maand en alvast gekregen omdat het toch verplicht was als hij veertien werd. Hij moest zorgen dat hij het terugkreeg en liep naar de auto toe.

'Hela, wat ga jij doen?' riep een andere agent.

Toen pas zag hij dat er veel meer politie op straat stond. Hij begreep niets van wat hier gebeurde. Alleen dat zijn legitimatiebewijs was afgepakt, en dat hij dat terug moest hebben. 'Zij heeft mijn identiteitskaart,' wees hij en hij liep naar de auto waarin de agente zat.

Opeens werd hij ruw beetgegrepen. Het voelde alsof allebei zijn armen uit hun kom werden gerukt. Hij schreeuwde het uit van de pijn. Het volgende moment werd hij naar beneden gedrukt. Zijn knieën bonkten op de straatstenen. Hij kreunde. 'Au! Mijn knieën.'

'Kop dicht, verdomme,' schreeuwde een agent. Die had makkelijk praten. Die zat niet met zijn knie op zo'n venijnig klein steentje, dat dwars door je spijkerbroek in je knieschijf priemde. Daan werd er gek van. Hij kon aan niets anders meer denken.

'Au! Dat doen pijn!' schreeuwde hij.

'Hou je bek!' Opnieuw vloekte de agent.

Zijn klagen hielp. Hij werd omhoog getrokken en platgedrukt tegen de politieauto. Er werd stevig tegen zijn hoofd en zijn rug geduwd. Voorzichtig probeerde hij zijn vastgeklemde hoofd te bewegen, zijn lippen vervormden tegen het koude glas. Hij zag Sven zitten, achter in de wagen. Zag hij dat goed? Ja, hij zag het goed. Sven zat te bellen. Hij waarschuwde zijn vader. Zoveel lef had hij niet bij Sven vermoed. Hij luisterde. Nee, dit was geen lef. Het was paniek, een uiterste poging om gered te worden uit de onverklaarbare situatie waarin ze beland waren. Sven smeekte en jammerde. 'Toe dan pap, praat jij dan met de politie. Zeg wie je bent. Jou geloven ze wel. Ze luisteren niet eens naar ons.'

Daan sloot zijn ogen. Nee, naar hen werd niet geluisterd. Aan hen werd niets gevraagd. Had iemand gevraagd of zij 1-1-2 gebeld hadden? Nee, niemand. Ze werden behandeld alsof ze criminelen waren. Vier politiewagens, acht agenten… Het was een levensgroot misverstand dat snel opgelost moest worden. Hoe eerder hoe liever. Svens vader kon hen helpen. Iedereen kende de begrafenisondernemer, hij hoefde alleen maar zijn naam te noemen. Hem zouden ze wel geloven.

Een van de agenten liep naar de auto waarin Sven zat. Daan zag dat Sven zijn mobiel aan de agent gaf. 'Hier is mijn vader.'

De agent nam het toestel aan en meldde zich.

Daan hield zijn adem in om niets te missen. Nu kwam het goed. Svens vader kon alles uitleggen.

Svens vader kwam nauwelijks aan het woord. De agent begon meteen te praten. 'Uw zoon wordt opgepakt wegens vernieling, bedreiging en belediging. Hij wordt nu afgevoerd naar het cellencomplex,' zei de agent kortaf.

'Dat is niet waar,' schreeuwde Daan zo hard hij met zijn platgedrukte gezicht kon.

'Kop dicht,' werd er achter hem geroepen en om de woorden kracht bij te zetten, werd er nog eens stevig aan zijn armen getrokken.

De agent verbrak de verbinding en schakelde het toestel uit. Weg hoop. Daan liet de woorden tot zich doordringen. Vernieling, bedreiging en belediging? Opeens begreep hij hoe het zat. Ze hadden zich vergist, de rollen omgedraaid. In plaats van de dader pakten ze de slachtoffers. Hij moest het duidelijk maken, hoe eerder hoe beter. De agent liep om de auto heen en kwam dichterbij. Nu, dacht Daan. 'Meneer,' begon hij. 'Dit is een vergissing, wij hebben niets gedaan.'

De agent reageerde niet en liep hem voorbij.

Eindeloos lang stond Daan tegen de wagen gedrukt. Binnen zat Sven stil te huilen. Achter zich hoorde hij Krijn schreeuwen. Hij was kwaad, omdat hij zijn fiets zonder slot bij het station moest achterlaten. En als er ergens fietsen gestolen werden, dan was het wel bij het station. Nu even niet, omdat er vier politiewagens en acht agenten stonden, maar straks...

'Als mijn fiets gejat wordt, krijg ik van jullie een nieuwe,' schreeuwde Krijn.

Daan luisterde. Die agenten konden onbehoorlijk vloeken en schreeuwen, het klonk dreigend. Zo te horen werd Krijn ook in een auto gestopt. Portieren klapten dicht en het werd stil. Daan zuchtte. Hoe lang stond hij hier nu al? Er was intussen nog een intercity door het uitgestorven dorp geraasd, maar hij kende het spoorboekje niet van buiten. Als antwoord sloeg de kerktoren, één keer. Dat kon elk halfuur betekenen. In zijn zak voelde hij zijn mobiel trillen. Zou het zijn moeder zijn, ongerust omdat hij nog niet thuis was? Bang dat er iets gebeurd was? Twee straten verderop zat ze zich zorgen te maken, terwijl hij zo dicht bij huis was. En toch zo onbereikbaar ver.

6

Daan werd als laatste achter in een wagen gestopt, die als eerste wegreed. Daarachter volgden de andere drie wagens. Binnen in hem laaide een enorme, machteloze woede op, die hij onder controle probeerde te houden. Zo meteen, in het cellencomplex, zou alles duidelijk worden. Misschien. Hij keek door het raampje. Ze reden door uitgestorven straten langs het politiebureau achter de watertoren. Het zag er donker uit, alleen bij de ingang brandde het blauwe vignet van de politie. In dit verlaten dorp was werkelijk niets te beleven, zelfs het politiebureau was gesloten.

Ze reden het dorp uit. Het begon zacht te regenen, het wegdek blonk in het schijnsel van de koplampen en in de verte zag hij de lichtjes van de stad.

Zou het cellencomplex hetzelfde zijn als het politiebureau? Hij hoopte van wel, maar het klonk meer als een gevangenis. En hij beet nog liever het puntje van zijn tong, dan het te vragen aan die twee eikels voorin. Die zwegen gelukkig. Het enige wat je hoorde was hun zender, met veel ruis, piepjes en af en toe een stem. Hij luisterde niet, het zouden wel leugens zijn.

Ze reden de stad binnen. Een verkeerslicht bracht een groene gloed in de auto. Daan hoorde de richtingaanwijzer knipperen, de auto sloeg links af. Dus toch naar het politiebureau, hij kende de weg. In de bocht keek hij om. De drie wagens volgden nog steeds. In twee ervan zaten zijn vrienden. Hij probeerde een glimp van ze op te vangen, maar het was te donker.

Toen hij weer voor zich keek, schrok hij. Ze reden het bureau voorbij. Waar gingen ze dan heen? Met bonkend hart keek hij naar buiten. Weer knipperde de richtingaanwijzer. Ze reden om het politiebureau heen. Aan de achterkant was een grote, ijzeren poort. De wagen minderde vaart en stopte. De agent liet het raampje zakken en haalde een pasje door een apparaat. Knarsend schoof de poort open, tergend langzaam. Daan slikte.

De auto reed een paar meter verder en stond toen stil, niet ver van een muur waar een deur in zat. Er gebeurde niets. Daan keek om. De ene na de andere auto reed de poort door en nog steeds gebeurde er niets. Na de vierde auto schoof de poort weer dicht en pas toen die met een klik in het slot viel, stapten de agenten uit de auto's. Daan werd als eerste afgevoerd. Met een agent voor zich, de andere vlak achter zich werd hij naar binnen gebracht. Hun voetstappen klonken hol in de lange, kale gang. Aan het eind hielden de agenten halt.

'Ga staan,' commandeerde de agent die achter het stuur gezeten had. 'Handen boven je hoofd tegen de muur, benen in spreidstand.'

Voor Daan begreep wat er gebeurde, werd hij gefouilleerd. Hij klemde zijn kiezen op elkaar en onderging het.

De agente had intussen een bakje gepakt. 'Zakken leegmaken.'

Daan haalde zijn sleutels uit zijn broekzak. De agente hield hem het bakje voor, waar hij de sleutels in moest leggen en zei hardop: 'Een sleutelbos met drie sleutels.' De agent die hem gefouilleerd had, schreef het op.

Hij pakte zijn telefoon, die voortdurend in zijn zak was blijven trillen, en schakelde het toestel uit.

'Een mobiele telefoon, merk Siemens.'

Ze wachtte even tot haar collega klaar was met schrijven. 'Een zwarte portemonnee.' Ze maakte hem open, het duurde even. 'Inhoud drie euro, een bankpas, een schoolpas.' Toen lag zijn hele hebben en houden in het bakje.

De agent reikte hem een pen en schrijfblok aan, een voorgedrukt vel, zijn naam was al ingevuld. 'Zet even je handtekening.'

Daans ogen gleden langs de regels.

'Je moet tekenen,' zei de agent weer.

Opnieuw voelde Daan de woede in zich opvlammen. Hij was toch geen hond, die op commando blafte? Hij keek de agent aan en met een stem, trillend van ingehouden woede, zei hij: 'Ik heb geleerd eerst alles te lezen voor ik mijn naam ergens onder zet.' Zo, die konden ze in hun zak steken. Wisten ze meteen dat hij hen niet vertrouwde.

Hij gaf pen en blok terug toen hij getekend had. Het formulier werd losgescheurd en opgevouwen in de bak gelegd.

'Je veters,' zei de agente.

Zijn veters? Hij bukte zich en keek ernaar. Wat was er mis met zijn veters?

'Je moet je veters inleveren,' zei de agente. 'Je kunt ze uit je schoenen halen, maar je mag ook je schoenen afgeven.'

Hij begreep het niet meer. Begon het nu weer van voor af aan, eerst zijn spullen, dan zijn kleren? Hij ging zich hier niet uitkleden. Waren ze helemaal gek geworden? Zoekend keek hij om zich heen. Verderop in de gang zag hij Sven nog net op zijn sokken achter een agent aanlopen. Met een zucht trok hij zijn schoenen uit.

De agente nam ze aan, zette ze weg en kwam terug met een dunne lap. 'Hier is een deken, je gaat naar cel veertien. Morgen word je gehoord.'

Verrast keek hij op. Ze had gehoord gezegd, en niet verhoord. Dat maakte een enorm verschil, er was toch nog iemand bereid naar hem te luisteren. Wel laat, erg laat. Ze hadden nu zeker geen tijd? Nee, ze moesten zo nodig de straat onveilig maken.

'Vanwege je leeftijd gaan we nu je ouders bellen,' merkte de agente op.

Zijn ouders zouden wel ongerust zijn. Een telefoontje van de politie zou het er niet beter op maken.

Op zijn sokken liep hij achter de agent aan, de lange, kale gangen door. Uit een zijgang klonk gemopper. Krijn was nog steeds boos over zijn fiets. Het deed hem goed om even Krijns stem te horen.

Ze sloegen een gang in vol brede deuren. De agent stopte en opende een deur. Daan stapte een helverlichte cel binnen. Met een doffe dreun viel de deur achter hem in het slot.

Daan stond stil en keek om zich heen. Dit was dus zijn cel, een kil en akelig hok. Kaal en klein, met een betonnen bed. Twee muurvaste, betonnen blokken moesten een tafel en een stoel voorstellen. In de hoek stond een stalen toilet, zonder bril.

Aarzelend liep Daan naar het bed. Hij ging zitten en legde de deken naast zich neer op de dunne, plastic matras. Toen hij opkeek, zag hij de deur, met een luik erin en een intercom ernaast.

Hij zuchtte, zijn adem trilde. Eigenlijk moest hij hoognodig plassen. Maar hij durfde niet goed. Waren er hier ook camera's? Hij speurde zijn cel rond, zag ze niet en liep op zijn tenen naar het ijzeren toilet.

Dat luchtte op. Maar waar zat de spoelknop? Je moest toch door kunnen trekken? Wat raar, er was helemaal geen spoelknop.

Hij sloop terug, ging op het bed liggen en trok de dunne lap over zich heen. Het was nu toch zeker diep in de nacht en hij had het koud. Vooral zijn voeten waren steenkoud. Hij had beter zijn schoenen aan kunnen houden, maar dat was achteraf.

Hij trok zijn knieën op, maakte zich zo klein mogelijk en probeerde de lap om zijn koude voeten te draaien. Wat was dat irritante geluid toch? Het ventilatiesysteem? Hij rolde zich half op zijn rug en keek naar de twee kleine roosters in het plafond. Wat een herrie, het klonk niet veel zachter dan een stofzuiger. Het was zo overheersend dat je niets anders hoorde dan dat monotone geloei. Of toch niet. Opeens klonk er een doffe dreun. En nog een. Het gebonk overstemde de ventilatie. Daan kwam half overeind. Leunend op een elleboog luisterde hij. Het leek wel of iemand naast hem, of anders dicht in de buurt, de celdeur probeerde in te trappen. Het bonken ging maar door, misschien wel een kwartier lang. Het galmde door het cellenblok. Na een poos klonken er stemmen in de gang. Daan luisterde. Stopten ze voor zijn deur? Nee, het was hiernaast. Hij hoorde een deur opengaan. Er klonk geschreeuw, kabaal en ten slotte een deur die dichtviel. Toen werd het stil, het bonken was gestopt. Alleen het ventilatiesysteem loeide verder.

Daan ging weer liggen. Hij wreef zijn voeten tegen elkaar in de hoop dat ze zo warmer werden. Die lap, die ze hier deken noemden, was een vod. Die zou zijn moeder nog niet als dweil willen. Zijn moeder... Hij had nog zo geprobeerd niet aan thuis te denken. Ze zouden het nu wel weten, dat hij hier zat. Tegen hen zouden ze wel hetzelfde gezegd hebben als tegen Svens vader. Wat moesten ze zich nu ellendig voelen, geen oog zouden ze dicht doen. Hun zoon, nog geen veertien, in de cel. Kon hij ze maar laten weten dat er niets van waar was. Dat zij het slachtoffer waren en niet de daders. Allemaal leugens, en zijn ouders wisten van niets.

Anouk wist ook nergens van. Misschien had ze nog wel gebeld of ge-sms't en vroeg ze zich af waarom hij geen antwoord gaf. Wat zou ze denken als ze wist dat hij hier zat? Ze zou het toch niet uitmaken? Nee, Anouk niet. Zeker niet als ze wist hoe het echt zat.

Opeens schoot hij rechtop. Het zou toch wel uitkomen, wat er echt gebeurd was? Zijn hart ging tekeer en hij snakte naar adem. Natuurlijk kwam de waarheid boven tafel. Hij werd immers gehoord, probeerde hij zichzelf te sussen. Daar moest hij dan maar op vertrouwen.

Hij ging weer liggen op het dunne matras. In de gang marcheerden opnieuw voetstappen. 'U bent aangehouden omdat u uw vrouw hebt mishandeld,' zei een stem. 'U brengt de nacht door in de cel.'

Daan luisterde. De voetstappen gingen zijn deur voorbij. Het werd weer stil, op dat ellendige ventilatiesysteem na. Hij haalde diep adem. Vanuit zijn nek voelde hij een knellende pijn, die langzaam over zijn schedel trok. Ook dat nog, hij kreeg migraine. Hij ging op zijn rechterzij liggen, zoekend naar een makkelijke houding.

Opnieuw klonken er voetstappen in de gang. Zijn deur ging open. Een oude man kwam binnen, hij droeg geen politie-uniform, maar had een pak aan. De man bleef bij de deur staan en zei: 'Ik ben de hulpofficier van justitie. Jij bent aangehouden op verdenking van vernieling, bedreiging en belediging. Is jou dat duidelijk?'

Daan knikte.

De man draaide zich om en verliet de cel.

De dichtvallende deur dreunde door Daans hoofd. Dat was nu net iets te veel van het goede. Rustig ademhalen, hield hij zichzelf voor. Vooral niet te veel denken, dan trok het misschien nog weg. Hij had altijd gedacht dat migraine een deftig woord voor hoofdpijn was. Sinds een jaar wist hij beter. Migraine was een veel zwaardere pijn, soms zelfs ondraaglijk. Met bliksemschichten voor je ogen, waardoor je geen licht meer kon verdragen en uiteindelijk van ellende ging overgeven. De neuroloog die hem onderzocht, had het hem haarfijn uitgelegd. Een mens wordt geboren met of zonder migrainebeeld in de hersenen. Mensen zonder dat beeld krijgen nooit migraine. Mensen met dat beeld kunnen het krijgen, maar het hoeft niet. Hij had het, niet vaak, maar uitgerekend nu.

Het rustig ademen hielp niet, het werd erger. Hij kon het licht niet langer verdragen en trok de lap over zijn gezicht. Een golf van misselijkheid overviel hem. Die lap was te benauwd. Het licht moest uit. Met zijn hand boven zijn ogen strompelde hij naar de deur, op zoek naar de lichtknop die hij niet kon vinden. Hij deed een vage poging om rond te kijken, waardoor hij nog misselijker werd. Verdorie, ze konden hier toch niet alle knoppen verstoppen? Dat licht moest weg. Het kon hem niet schelen hoe. Hij drukte de knop op de intercom in, de enige knop in de cel.

'Ja?' kraakte een vrouwenstem.

'Mag het licht uit?' Hij hakkelde, hij voelde zich hondsberoerd.

'Het licht blijft aan.'

Het maakte niets meer uit, het was toch al te laat. Op een draf liep hij naar het toilet, waar zijn maag zich met geweld omdraaide. Hijgend hing hij boven de pot, zijn hand leunend tegen de muur. Verzet hielp niet meer, hij gaf zich over.

Na een poos ging het wat beter, de pijn was aan het wegtrekken. Hij pakte de closetrol van de grond en veegde zijn gezicht schoon. Automatisch wilde hij doortrekken, hij was even vergeten dat dat niet kon. Een zure stank steeg op uit de pot.

Hij ging rechtop staan en liet zijn hoofd zachtjes heen en weer rollen in zijn nek. Het ging de goede kant op, het ergste was voorbij, wist hij. Alleen die vieze smaak in zijn mond, zou hij om water kunnen vragen?

Hij liep terug naar de intercom.

'Ja?' Weer dezelfde stem.

'Zou ik misschien wat water kunnen krijgen?'

'Jij krijgt niets.'

'Bitch,' mompelde hij, 'ik heb het toch zeker netjes gevraagd?'

Hij liep terug naar zijn betonnen bed, trok de lap over zich heen en ging liggen, totaal uitgeblust.

Hij moest in slaap gevallen zijn, want hij schrok wakker toen het luik in de deur met een klap openging. Een zwart gezicht verscheen voor de opening. 'Hallo, jongen, wil jij koffie of thee?' vroeg een vriendelijke mannenstem met een Surinaamse 'w'.

Daan stond op en liep naar de deur. 'Thee graag, meneer.'

'Met suiker?'

Daan schudde van nee.

Het hoofd bij de deur verdween, om plaats te maken voor een plastic bekertje met warme thee. Met twee handen nam Daan de thee aan.

Het gezicht verscheen weer voor het luik. 'Wil jij ook een broodje, jongen?'

Daan knikte gretig. Na zo'n migraineaanval was hij eerst dood- en doodmoe, en daarna kreeg hij honger als een paard. 'Ham of kaas?' vroeg de stem bij het luik.

Ham én kaas, dacht Daan. Maar het zou hier wel de regel zijn dat je maar één broodje mocht, en hij wilde het de man niet moeilijk maken. Hij was tenslotte de eerste vriendelijke man in uniform die hij hier ontmoette. 'Ham graag.'

Er schoof een wit plastic zakje door het luik, dat daarna dichtklapte.

Daan liep naar het betonblok dat een tafel voor moest stellen, en legde het plastic zakje neer. Hij ging zitten, warmde zijn handen aan het bekertje thee en dronk met kleine slokjes. Dit was blijkbaar zijn ontbijt. Dat betekende dat aan die lange, ellendige nacht toch nog een eind was gekomen. Hij zette de halflege beker neer en maakte het plastic zakje open. Om het broodje zat een servet van de kiosk op het station. Daar hadden ze lekkere broodjes, wist hij en hij nam een hap.

Toen alles op was, ging hij terug naar bed. Hij trok zijn benen op en leunde met zijn rug tegen de muur. Maar al gauw werd dat te koud. Hij greep de lap, en sloeg die om zijn schouders.

Zouden ze thuis al wakker zijn? Misschien hadden ze geen oog dicht gedaan. Anouk lag vast nog lekker te slapen. Zij wist nog van niets. Hij voelde zijn ogen prikken, kneep ze stijf dicht en herstelde zich. Hoe laat zou het eigenlijk zijn? Toch stom dat hier geen klok hing, je verloor alle besef van tijd. Helemaal omdat je geen horloge of telefoon bij je mocht houden. Of deden ze dat expres, om je nog meer van slag te maken zodat je makkelijk bekende? Hij zag ze er best voor aan, na vannacht bekeek hij de politie opeens met andere ogen. Je kon er maar beter niets mee te maken hebben.

Hij dacht aan zijn vrienden, die nu in zo'n zelfde cel zaten te wachten. Arme Sven, wat zou hij van streek zijn. De tranen zouden in zijn thee rollen. Krijn had natuurlijk koffie genomen, zwart. En met een beetje pech mopperde hij nog steeds over zijn fiets.

Daan trok de lap wat dichter om zich heen, warm werd hij niet. Zijn ouders zouden wel kwaad op hem zijn. Ze dachten natuurlijk dat hij weer naar de XS was geweest. Hij dacht terug aan gisteravond. Aan Anouk, en aan haar zachte lippen op zijn mond. Nooit eerder was hij zo verliefd geweest.

Hij schrok op toen zijn celdeur openging. Werd hij nu eindelijk gehoord?

De Surinaamse agent van het ontbijt stond in de deuropening. 'Jongen, we gaan een luchtje scheppen.' Hij zette Daans schoenen op de grond.

Daan wrong zijn voeten erin, liet de veters open en liep met de vriendelijke man de meterslange gangen door, tot aan een deur. Toen stond hij buiten. Achter hem viel de deur dicht, hij was alleen en haalde diep adem. Nooit eerder was frisse lucht zo welkom geweest. Hij voelde het in zijn longen, op zijn gezicht en zijn handen. Stil genietend bleef hij staan, met zijn ogen dicht. Toen keek hij om zich heen. Hij stond tussen vier muren, met een dak van dikke tralies. Voor en achter waren twee camera's op hem gericht. Waar was dat goed voor? Je kon hier toch geen kant op, je kon hier echt helemaal niets. Of toch wel, zijn voorgangers hadden de muren beschreven. Hoe hadden ze dat voor elkaar gekregen? Je mocht hier niets hebben, geen pen, stift of krijt.

Daan begon heen en weer te lopen. Bij de muur stond hij telkens even stil om te lezen.

10-3 overplaatsing naar Maastricht, de Bolle.

Daan liep weer verder. Had de Bolle hier soms ook met zijn vrienden gezeten en op deze manier een boodschap voor hen achtergelaten? Wel slim van die Bolle, want je vrienden zag je hier niet. Hij liep tot het einde en draaide weer om. *Fuck the police*, las hij. Ja, dat kon je hier verwachten. Hij liep weer verder. Nog een wonder dat dat mocht blijven staan, dat ze die muur niet schoonspoten. Maar het kon nog erger, zag hij op de terugweg.

ACAB. Het zou de naam van een popgroep kunnen zijn, maar hij wist wel beter. *All coppers are bastards.* Na zo'n nacht zou je dat wel gaan denken. En dat stond hier zomaar op de muur van het politiebureau. De agenten zelf werden natuurlijk niet gelucht.

Hij liep weer een rondje, las initialen en data. Achter elke krabbel zat een verhaal, bedacht hij, van iemand die hier, terecht of onterecht, verzeild was geraakt. Een muur vol verhalen. Dat was nou waarom hij journalist wilde worden: de verhalen uit de mensen halen. Heel even werd hij enthousiast, tot een muur zijn weg blokkeerde. Hoe lang zou hij eigenlijk mogen luchten? Dat had die man niet gezegd. Het liefst zou hij nu naar binnen gaan, gehoord worden, en wegwezen. Echt naar buiten, waar je verder kon kijken dan een bakstenen muur en gestreepte wolken met tralies. Hij was het zat, het had nu lang genoeg geduurd. Van lamlendigheid schopte hij tegen een steentje. Opeens stond hij stil. Een steentje? Daar kon je ook mee op de muur schrijven. Hij keek om zich heen, voelde de camera's op zich gericht, maar daar had hij lak aan. Snel bukte hij, raapte het steentje op en liep naar de klaagmuur. Opeens had hij haast, zo meteen was zijn tijd voorbij.

Danny boy is OK! kraste hij op de muur. Tevreden bekeek hij het resultaat. Als Sven en Krijn na hem gelucht werden, konden ze lezen dat het goed met hem ging, en dat ze hem er niet onder kregen. Hij legde het steentje op de grond, onder zijn tekst, voor iedereen die inspiratie had. Of frustratie. Daarna liep hij rustig naar de deur, die meteen open ging. Ze hadden hem dus toch in de smiezen gehouden daarbinnen. Dan hadden ze ook gezien dat hij op de muur geschreven had, misschien hadden ze wel mee zitten lezen. Nou en? Hij was toch oké?

Opnieuw leverde hij zijn schoenen in. Het zou nu toch niet meer zo lang duren? Om voor dat eventjes die lange veters los te pulken, daar begon hij niet meer aan. Des te eerder was hij straks weg.

In zijn cel hing nog steeds die zurige lucht van het overgeven. Ze moesten toch eens naar dat ventilatiesysteem kijken. Het maakte herrie, maar werkte niet. Besluiteloos keek hij zijn cel rond. Hij ging maar weer op het bed zitten. Aan die betonnen tafel zat je je helemaal nutteloos te voelen als je niets kon doen. Op bed, een beetje achterover leunend tegen de muur, kon hij beter denken. Hoe zou dat horen gaan? Hij zag er nu toch wel tegenop. Zouden ze nu wel naar hem luisteren?

Hij schrok toen zijn celdeur openging. Een kleine, kalende man kwam binnen. Onder zijn korte leren jack droeg hij een ruitjesbloes. "Hallo, ik ben rechercheur Fransen en ik wil je horen. Loop je mee?'

Op zijn sokken liep Daan achter de man aan, tot aan een kleine kamer. Daar hing een klok, eindelijk een klok. Het was elf uur, zag Daan.

'Ga zitten,' zei de rechercheur. Zelf nam hij plaats aan de andere kant van het kleine bureau, waarop alleen een computer stond. Hij legde een map met papieren voor zich neer en keek Daan aan. 'Er zijn twee aangiftes tegen je gedaan, wegens vernieling, bedreiging en belediging. Eén door de eigenaar van de XS, en eentje door zijn vrouw. Je bent dus verdachte. Als verdachte heb je het recht om te zwijgen. Je hoeft geen antwoord te geven als je dat niet wilt. Een verdachte mag zelfs liegen. Dit gesprek wordt niet opgenomen, wel schrijf ik alles op. Na afloop mag je lezen wat ik opgeschreven heb. Is dat duidelijk?'

Daan knikte. Tot zover viel het hem mee.

'Vertel eens wat er gisteravond is gebeurd.'

Daan dacht na. Waar moest hij beginnen? Dat ze naar huis fietsten natuurlijk en dat Krijn nog zo nodig shag wilde halen bij de XS. Als in een film zag hij die Grindtegel weer naar buiten stormen, zijn handen om Krijns keel geknepen. Het verhaal kwam vanzelf, niets sloeg hij over. Ook Sven niet, die in paniek het alarmnummer had gebeld. Af en toe wachtte hij even, tot hij zag dat de rechercheur klaar was met zijn aantekeningen. Dan vertelde hij weer verder.

'En we hadden nog wel afgesproken dat we nooit meer naar de XS zouden gaan, na die vechtpartij van vorige week,' eindigde hij. 'Toen kreeg Mo de schuld, terwijl hij niets gedaan had. Krijn had het zelf gezien. Hij heeft nog een verklaring afgelegd.'

'Vorige week?' vroeg de rechercheur en hij krabbelde wat in een hoekje van het papier. Daarna las hij voor wat hij had

75

opgeschreven. Het was Daans verhaal, in verkorte versie.

'Ben je het hiermee eens?' vroeg hij.

'Ja,' zei Daan, hij was het er helemaal mee eens.

'Wil je dan je handtekening hieronder zetten?'

Daan nam de pen aan en tekende het papier.

'Ik moet je vrienden nog horen,' zei de rechercheur. 'Dat ga ik nu doen. Om een uur komen jullie ouders hier om jullie op te halen, dan kan ik meer vertellen.'

Aardige man, dacht Daan, toen hij weer terug was in zijn cel. Bij het verlaten van het kantoor had hij nog snel even op de klok gekeken. Het was kwart voor twaalf geweest. Nog vijf kwartier in dit ellendige hok.

7

'Ik kom je halen, jongen,' zei de agent die hem ook zijn ontbijt had gebracht.

Aarzelend liep Daan zijn cel uit.

'Even wachten,' zei de agent toen ze in de gang stonden. Hij drukte op een knop naast de deur. In de cel klonk geluid, het toilet werd doorgespoeld.

Verbaasd keek Daan van de knop naar de agent. Werkte dat zo? Wat een achterlijke uitvinding. Hij opende zijn mond om er iets van te zeggen, maar bedacht zich. Laat maar zitten. Zwijgend sjokte hij achter de agent aan. Die nam weer een andere route dan vanmorgen bij het luchten, maar al die gangen zagen er hetzelfde uit. Het leek wel een labyrint.

Opeens stonden ze stil. De agent opende een deur. 'Je mag je even opfrissen, jongen.'

Opfrissen? Aarzelend liep Daan door de halfopen deur. Toen stond hij opeens oog in oog met Krijn en Sven. Ze sloegen de armen om elkaar heen en klopten elkaar op de schouders. Daan sloot zijn ogen. Dat hij hier voor het eerst zijn vrienden weer zag, dat voelde alsof er eindelijk weer bloed door zijn lijf begon te stromen.

'Ik zag je boodschap op de muur,' zei Sven. 'Dat deed me goed, man.' Verder zeiden ze niet veel, overrompeld nu ze hier onverwacht weer samen waren.

Daan draaide de kraan open en liet het water eindeloos over zijn handen stromen, alsof hij zo die ellendige nacht weg kon wassen. Hij spoelde zijn mond en gooide handenvol water in zijn gezicht. Het liefst had hij zijn kop onder de kraan gestoken, maar dat paste niet.

Ze werden weer meegenomen door het gangenstelsel en kregen hun portemonnee, telefoon en sleutels terug. Daan kreeg ook zijn identiteitskaart weer terug. Ze mochten hun schoenen mét veters aan en voelden zich steeds meer mens, toen ze achter de agent aan naar de wachtkamer liepen. Daan aarzelde even bij het naar binnen gaan. In de hal zag hij zijn ouders, en die van Sven en Krijn. Ze stonden in een kring om rechercheur Fransen heen. Hun gezichten waren niet zorgelijk of boos, eerder opgelucht. Dat was een pak van zijn hart. 'Mam!' riep hij. Nu zag ze hem ook. Ze zwaaide even, hij zwaaide terug. Toen voelde hij een hand in zijn rug die hem met zachte drang naar binnen leidde. De agent vertrok, maar de deur bleef open.

'Een toffe peer,' zei Krijn, met een knik naar de vertrekkende agent. 'Vanmorgen, bij het luchten, mocht ik zelfs een sjekkie draaien. Uit zijn pakje.'

'O nee,' kreunde Sven. 'Met die shag van jou is alle ellende begonnen. Zou je niet eens stoppen met roken?'

Krijn haalde zijn schouders op. 'Het lag toch echt niet aan de shag. Ik ben benieuwd of mijn fiets nog bij het station staat. Als die gejat is, joh, ik zweer het je…'

Daan schoot in de lach. 'Volgens mij weet iedereen hier nu wel van je fiets, het galmde door alle gangen.'

'Ja, ik deed geen oog dicht,' klaagde Sven. 'En toen begon er ook nog iemand zijn celdeur in te trappen.'

Opeens stond rechercheur Fransen in de deuropening. 'Ik heb zojuist met jullie ouders gepraat en gezegd dat ze vooral niet te streng met jullie moeten zijn.' Hij keek hen een voor een aan. 'Ik heb jullie apart van elkaar gehoord en jullie verklaren alle drie hetzelfde. Van de aangiftes die tegen jullie gedaan zijn, blijft niets overeind. Wat die vernieling betreft: als iemand je naar de keel vliegt en je zoekt steun aan de muur, waarbij een lamp kapot valt, dan is dat geen vernieling. Dat is toch wel duidelijk?'

Hij richtte zich tot Daan. 'Als jij ertussen springt om je vriend te beschermen, dan is er geen sprake van mishandeling. Wat die belediging betreft: er zal misschien wat geroepen zijn onder deze omstandigheden, maar dat laten we voor wat het is.'

Toen wendde hij zich tot Krijn. 'Ik heb het dossier van vorig weekend nog eens bekeken. Je hebt toen een verklaring afgelegd, misschien is de eigenaar van de XS daar kwaad om. Daarom heb ik je ouders geadviseerd om aangifte te doen tegen de cafébaas. Hij greep je immers zonder enige aanleiding bij de keel. Maar dat moet je maar met je ouders overleggen.'

Opnieuw keek hij rustig van de een naar de ander. 'En verder gaat er een advies naar de plaatselijke politie, om de XS eens goed in de gaten te houden. Het gaat daar te vaak mis, en er zijn veel klachten van buurtbewoners.'

Langzaam blies Daan zijn adem uit. Eindelijk, het kwam toch nog goed. Als Krijn met zijn ouders aangifte deed en de XS in de gaten gehouden werd...

De rechercheur onderbrak zijn gedachten. 'Ik heb nog een laatste vraag aan jullie: volgens de eigenaar van de XS heeft hij jullie een caféverbod gegeven. Klopt dat?'

Verbaasd keken ze elkaar aan. Een caféverbod? Nee, ze wisten van niets.

'Dus jullie hebben nooit een brief van de XS ontvangen?

Iemand een caféverbod geven kan namelijk alleen maar schriftelijk. Als je dan de zaak binnengaat, ben je wel in overtreding,' lichtte de rechercheur toe. 'Hebben jullie nog vragen?'
'Ja,' zei Krijn.

Daan zuchtte. Krijn begon zeker weer over zijn fiets te zeuren.

'Waarom zijn wij eigenlijk opgepakt?' vroeg Krijn. 'We hebben toch niks gedaan?'

De rechercheur vouwde zijn armen over elkaar. 'Er kwam een melding bij ons binnen over vernieling, bedreiging en mishandeling. Dan is het onze taak de verdachten op te pakken. Wij hebben, netjes volgens de regels, een hulpofficier van justitie ingeschakeld. Die heeft vastgesteld dat de aanhouding terecht was. Hij is vannacht ook bij jullie geweest. Daarna zijn jullie gehoord, ook volgens de regels. Kijk, als wij zo'n melding binnenkrijgen, kunnen we natuurlijk niet op straat gaan bakkeleien over wat er precies gebeurd is. Maar, zullen we jullie ouders niet langer laten wachten?'

Daan knipperde met zijn ogen, hij kon het even niet meer volgen. Zijn harde schijf zat vol. Hij liep achter de anderen aan naar de hal, eerst aarzelend, toen steeds sneller. Hij zag zijn moeder en stapte dwars door de kring naar haar toe. Het liefst was hij haar om de hals gevlogen. Ze zou haar armen om hem heen slaan, hij zag het aan haar gezicht. Dat was meer dan hij nu verdragen kon. Hij had zich al die tijd flink gehouden, en dat moest zo blijven. Heel even keken ze elkaar doordringend aan, toen week hij uit en ging naast haar staan.

Er hing een vreemde sfeer, hij voelde het meteen. De ouders leken opgelucht, ietwat vrolijk zelfs, om de goede afloop. Maar achter die vrolijkheid ging iets bitters schuil, als een slagroomtaart met scheerschuim.

Rechercheur Fransen kwam ook in de kring staan. 'Mocht u in de loop van de week nog vragen hebben, dan kunt u me hier op het bureau bereiken.'

Svens moeder deed een stap naar voren. 'Ik heb nu eigenlijk al een vraag. Waarom zijn die jongens opgepakt en meegenomen? Hadden jullie niet gewoon kunnen vragen wat er aan de hand was?'

'Door de melding die we kregen, stonden ze als verdachten te boek.'

Svens moeder zette nog twee stappen, ze stond nu pal voor de rechercheur met haar gezicht vlak voor het zijne. 'Mijn zoon heeft vannacht 1-1-2 gebeld.' Ze sprak elk woord nadrukkelijk uit. 'Hij voelde zich bedreigd. Dan is het toch raar dat je opgepakt wordt!'

'Mevrouw, de aanhouding is correct verlopen,' antwoordde de rechercheur. 'We hebben een hulpofficier van justitie erbij gehaald, en die heeft bevestigd dat de aanhouding terecht was.'

Krijns moeder mompelde zacht: 'Dat verhaal kennen we nu wel.' Hardop vroeg ze: 'Kan ik meteen aangifte doen, hier?'

'Dus jullie sluiten ze zomaar een nacht op in de cel, zonder iets te vragen!' riep Svens moeder vertwijfeld. Svens vader sloeg een arm om haar heen en suste haar.

Rechercheur Fransen keek intussen hoopvol naar de moeder van Krijn, blij dat hij even van de lastige vragen verlost was. 'Aangifte?' Toen betrok zijn gezicht. 'U kunt het proberen, maar ik weet niet of er iemand is. Meestal gaat dat op afspraak.'

'Dat proberen we zeker, kom,' zei Krijns moeder. Aan haar gezicht was te zien dat ze er genoeg van had. Ze draaide zich

81

om en liep naar de informatiebalie verderop in de hal. Krijn en zijn vader volgden haar.

'Wij gaan ook,' zei Daans vader kalm.

Ze liepen naar buiten, Sven, Daan en hun ouders. Op de parkeerplaats bleven ze nog even staan.

'Het is een raar verhaal,' zei Svens vader. 'Die agenten gingen flink tekeer vannacht. Ik hoorde ze vloeken en schreeuwen toen Sven me belde.' Hij keek naar zijn zoon. 'Hoe kom jij aan die kras op je wang? Toch niet van die cafébaas?'

'Die agente had lange nagels,' zei Sven.

'Het is toch niet normaal!' riep zijn moeder.

'Nee, normaal is het zeker niet,' zei Daans vader. 'Laten we maar eens rustig afwachten hoe het nu verder gaat.'

Ze liepen naar de auto. Voor ze instapten, werd Daan eindelijk vastgepakt door zijn moeder. Ze sloeg haar armen stevig om hem heen. 'Ik heb me zo'n zorgen gemaakt na dat telefoontje van de politie,' zei ze zacht. 'Vernieling, bedreiging, een nacht in de cel en misschien wel een strafblad. Ik dacht dat je toch stiekem naar de XS was gegaan.' Ze woelde met allebei haar handen door zijn haar. 'Ik ben zo blij dat je er weer bent. Het is vervelend dat het zo gelopen is, heel vervelend, maar ik ben trots op je.' Toen hij opkeek, voelde hij de tranen prikken. Hij draaide zich om en stapte in de auto. Terwijl ze de straat uitreden, keek hij nog een keer om. Hij zag Krijn en zijn ouders naar buiten lopen. Zo vlug al? Die hadden vast nog geen aangifte gedaan. Hij zou het wel horen.

Thuis stond hij wat onwennig in de kamer. 'Ik ga naar bed,' mompelde hij en liep naar boven. Hij wilde gewoon zijn ogen dichtdoen. Alles vergeten en wakker worden in zijn eigen kamer. Zittend op de rand van zijn bed trok hij zijn shirt over zijn hoofd. Een zurige lucht drong zijn neusgaten binnen. Was die stank nu nog niet weg? Straks stonk zijn kamer net zo erg als die cel. Hij liet zich achterover vallen en sloot zijn ogen, maar zijn hersens draaiden op volle toeren. Alles wat er afgelopen nacht gebeurd was, kwam als een film voorbij. De Grindtegel, de arrestatie, het cellenblok. Opeens werd hij woest. Hij veerde op en stompte met zijn vuist op het dekbed. Het was zo oneerlijk wat er was gebeurd. Dat die Grindtegel een leugenaar was, dat was intussen wel duidelijk. Maar dat de politie gewoon blindelings naar die man luisterde, dat was toch zeker niet normaal? Ze konden je toch niet zomaar van de straat plukken en onschuldig in een cel gooien? In landen waar een dictatuur was, gebeurde zoiets, maar toch niet in Nederland? Dat hoefde hij niet te pikken. Misschien kon hij ook wel aangifte doen. Tegen de Grindtegel, en ook tegen de politie. Maar eerst ging hij douchen, die gore lucht wegspoelen.

Hij zette zijn raam wagenwijd open, gooide zijn kleren in de wasmand en sprong onder de douche. Met liters water spoelde hij alle vuiligheid weg, het afvoerputje in. Zijn gedachten gleden naar Anouk. Hij moest haar bellen, vertellen wat er was gebeurd. Hij draaide de kraan dicht.

Toen hij fris en schoon de trap afliep, hoorde hij zijn ouders praten. Het ging er nogal heftig aan toe. Langzaam liep hij verder en luisterde.

'En toch is het niet eerlijk,' zei zijn moeder. 'Svens moeder had groot gelijk.'

'Dat is zo,' knikte zijn vader. 'Maar wat wou je dan?'

Daans moeder klonk vastbesloten. 'Aangifte doen tegen de politie. Die kinderen hebben van pure angst het alarmnummer gebeld. En wat is er gebeurd? Ze zijn opgepakt, zonder dat iemand hen iets vroeg. Het is hier toch zeker geen bananenrepubliek?'

Daan schoot in de lach. Zo fel had hij zijn moeder nog nooit gehoord.

'Aangifte doen tegen de politie, of een klacht indienen, daar schiet je niets mee op,' hoorde Daan zijn vader zeggen. 'De politie heeft zich ingedekt door een officier van justitie in te schakelen. Die heeft geconstateerd dat de aanhouding terecht is. Dat heeft die rechercheur niet voor niets drie keer gezegd. Kijk, dat ze de jongens mee naar het bureau nemen, in plaats van op straat in discussie te gaan, dat kan ik me ook nog voorstellen. En omdat het weekend was, hadden ze niet genoeg mankracht om ze meteen te horen, daarom moesten ze wachten.'

'Niet genoeg mankracht!' hoorde Daan zijn moeder roepen. 'Ze werden door maar liefst acht agenten opgehaald! Had er dan niet eentje tijd om te vragen wat er aan de hand was? En wachten is iets anders dan in een cel zitten.'

'Lieverd, ik snap heus wel wat je bedoelt, en ik ben het helemaal met je eens. Maar 's nachts zijn er nu eenmaal minder agenten in dienst terwijl er, juist in het weekend, meer narigheid gebeurt. Dus waarschijnlijk zijn die agenten weer onmiddellijk op pad gegaan en moesten de jongens wachten tot er een rechercheur beschikbaar was. Ik had ook veel liever dat Daan dit niet was overkomen.'

'Cellentekort, geen wonder als je onschuldige kinderen opsluit.' Het was even stil. Daan hoorde een lepeltje in een kopje roeren. 'Dus een aanklacht tegen de politie heeft geen zin, denk je?'

Opnieuw was het stil. Hoofdschudden maakte geen geluid.

'Maar we laten dit toch niet zomaar over onze kant gaan?'
zei Daans moeder. 'Wat kunnen we dan doen?'

Daan kwam in beweging, hier wilde hij meer van weten.
Hij opende de kamerdeur en hoorde zijn vader nog juist zeggen: 'Je kunt overwegen om een aanklacht in te dienen tegen de eigenaar van dat café. Hij heeft hen ten onrechte beschuldigd.'

Daan ging op de bank zitten en keek zijn moeder vragend
aan. De felheid waarmee ze zonet nog sprak, was verdwenen. Aarzelend keek ze van de een naar de ander. Toen haalde ze haar schouders op. 'Ik weet het niet. Jij zegt zelf dat
die man niet deugt, en na alles wat ik nu gehoord heb...
Straks stuurt hij een stel criminele vriendjes op Daan af om
wraak te nemen.'

'Dus jij zou geen aangifte tegen die man doen, omdat je
bang bent voor de gevolgen?' vroeg Daans vader.

'Ik vertrouw die man voor geen meter. Hij liegt, lokt
ruzies uit en wie weet wat er nog meer fout zit. Ik wil
dat Daan veilig over straat kan, zonder bang te zijn dat hij
achterna gezeten of bedreigd wordt. Ik zou geen rustig moment meer hebben.' Ze keek Daan aan. 'Wat zou jij zelf
willen?'

Daan aarzelde. 'Toen ik net boven was, wist ik het heel
zeker: aangifte doen tegen die Grindtegel. Maar dat je dan
misschien bedreigd wordt, zou best eens waar kunnen zijn.
Er lopen daar een stel rare figuren rond, daar word je niet
vrolijk van. En die eigenaar is echt gestoord, akelig gewoon.
Als hij erachterkomt dat je aangifte tegen hem gedaan hebt,
dan weet ik nog niet wat er gebeurt.'

'Krijn heeft wel aangifte gedaan,' schrok zijn moeder.

'Ik denk het niet,' zei Daan. 'Toen we bij het politiebureau wegreden, zag ik hem naar buiten lopen. Ik zal hem straks bellen.'

'Gelukkig gaat er nog een advies naar de politie hier, om dat café in de gaten te houden. Wie weet levert dat nog wat op,' besloot zijn vader. 'Het zou toch te gek zijn als dit allemaal maar kan.'

Daan knikte. Het was ook te gek om los te lopen. Maar wat deed je eraan? Helemaal niets. Als je niet uitkeek, liep je nog gevaar ook. Hij moest Krijn waarschuwen. Dat kon hij beter nu meteen doen. Hij liep naar de telefoon.

Krijn begon meteen te mopperen. 'Ik kon niet eens aangifte doen, joh, omdat het weekend is. Alsof er in het weekend niets gebeurt. Misdaden graag van maandag tot vrijdag, tijdens kantooruren. Maar nu komt het goede nieuws: mijn fiets stond er nog!'

Daan schoot in de lach, heel even maar. Toen vroeg hij: 'Dus je hebt nog geen aangifte gedaan?'

'Nee, er was niemand. Hoezo?'

'Mijn moeder vond dat er risico's aan vast zaten,' zei Daan. 'De Grindtegel zou misschien zijn fijne vrienden op je af kunnen sturen.'

'Dat zei mijn vader ook toen we thuis waren. Achteraf vond hij het niet zo'n goed idee dat ik in mijn eentje aangifte deed. Dat konden we beter met zijn drieën doen, of helemaal niet. Wat denk je?'

Daan dacht aan zijn ervaring met Henk. 'Voor mijn gevoel wil ik niets liever dan die Grindtegel erbij lappen. Dan denkt hij een volgende keer wel beter na voor hij valse aangifte doet. Maar ik zit eerlijk gezegd niet op dat vriendenclubje van hem te wachten.'

'Ik ook niet,' gaf Krijn toe. 'En Sven al helemaal niet.' Hij

86

zuchtte. 'We laten het maar zoals het is. Ik heb mijn buik vol van het politiebureau, daar blijf ik voorlopig liever weg.'

'En anders ik wel,' zei Daan.

'Maar ik ben wel woest! Dit is toch niet normaal?'

'Weet je wat het is?' Daan had het gevoel dat hij de ontdekking van het jaar deed. 'Ze geloven gewoon alles wat die Grindtegel zegt. Naar ons wordt niet geluisterd. Maar intussen zitten wij wel met de shit.'

'Mijn idee,' besloot Krijn.

'Ik moet ophangen,' zei Daan. In zijn broekzak trilde zijn mobiel. Hij zag het nummer van Anouk. Nu moest hij haar vertellen dat hij opgepakt was, en hij had geen idee hoe ze zou reageren. Hij begon met een zucht. 'Ik moet je iets vertellen.'

'Ik weet alles al. Bibi belde net, ze heeft Krijn gesproken. Het is niet te geloven. Hoe voel je je?' Anouk klonk bezorgd.

Tja...' Hij wist zo gauw geen antwoord. 'Weet je waar ik zin in heb?' bedacht hij opeens. 'Ik heb zin om bij jou te zijn, heel dicht bij jou...'

'Dat kan toch,' zei Anouk. 'Ik kom eraan, tot zo.'

8

Toen Daan de volgende dag thuiskwam uit school, stoof Margot meteen op hem af. 'Heb je de krant gezien?'

Verbaasd keek hij haar aan. 'De krant?'

Ze vouwde de krant, die op tafel lag, open en wees. 'Moet je dit zien.'

Daan boog zich over de krant. *Man opgepakt wegens mishandeling*, las hij. Opeens begon zijn hart sneller te kloppen. Zou de Grindtegel toch nog gepakt zijn? Dat was mooi. Hij las snel verder: *Zaterdagnacht heeft de politie een 48-jarige man aangehouden wegens mishandeling van een 35-jarige Belg.*

Daan hield op met lezen. Teleurgesteld keek hij Margot aan. 'En? Wat moet ik daarmee?'

'Je moet verder lezen!' drong Margot aan.

Daan gleed langs de regels. Hij slikte. Daar stond het. Hij las het nog een keer, langzaam, om het tot zich door te laten dringen.

Ook hield de politie drie jongeren aan wegens vernielingen aan een café en het bedreigen van de eigenaar. De drie, dertien en veertien jaar oud, kwamen bij het café aan en reden met hun fietsen tegen de deur. Toen de eigenaar zei dat hij ging sluiten, bedreigden de jongens hem en richtten vernielingen aan.

Daan liet zich op een stoel zakken, zijn mond wijd open van verbazing. 'Daar is niets van waar, het is allemaal gelogen. Wie heeft dit geschreven?' Hij greep de krant en keek. 'Van een verslaggever,' las hij hardop. 'Mooi is dat, leugens in de krant schrijven en dan niet je naam erbij zetten.'

'Dat komt van de politie,' zei Margot.

'Zou je denken?'

Margot knikte. 'De politie bepaalt welke berichten er in de krant komen. Of dacht je dat een journalist op het politiebureau in de papieren mocht snuffelen? Nee, joh, de politie maakt zelf een keuze uit wat er is gebeurd en geeft dat door aan de pers.'

'Maar rechercheur Fransen zei dat we niet schuldig waren.'

Margot kneep haar ogen tot spleetjes en keek hem slim aan. 'Weet je wat ik denk? Ik denk dat dit de melding van die kroegbaas is. Die heeft natuurlijk gebeld met de mededeling dat jullie zijn deur inramden. En dat hij toen poeslief heeft gezegd: kindertjes, wij gaan sluiten, het is kinderbedtijd. Waarop die lieve kindertjes hem klapjes gaven.'

Daan schoot in de lach, maar werd meteen weer serieus. Zou de Grindtegel echt zo'n verhaal verteld hebben? Daarom was de politie met maar liefst vier wagens uitgerukt. Omdat het café gemolesteerd werd. En toen die rij wagens bij de XS aankwam, stond die Grindtegel natuurlijk klaar om de weg te wijzen. 'Ze zijn ervandoor gegaan, die kant zijn ze uit.' Wat kon die man liegen! En dat de politie hem geloofde, was te gek voor woorden.

Daan boog zich weer over de krant om het hele artikel te lezen. Aan het eind stonden nog een paar regels: *De politie heeft een 38-jarige man aangehouden wegens het mishandelen van zijn 34-jarige vrouw.*

'Die man ken ik, hij zat ook in het cellenblok,' zei hij tegen Margot. 'Ik hoorde een agent tegen hem praten. Maar misschien is hij ook wel onschuldig en heeft die vrouw het verzonnen, omdat ze een hekel aan hem heeft.'

'Ik denk het niet,' zei Margot. 'Lees de laatste regel maar.'
Daan las: *Het slachtoffer moest zich in het ziekenhuis laten behandelen.* Dan zou het wel waar zijn. Maar wat er over hen geschreven stond, daar was geen woord van waar. Wie zette er nu zoiets stoms in de krant? Zeker iemand die niet verder keek dan zijn neus lang was. Had hij dat wel gedaan, dan had hij in de verklaring kunnen lezen dat er helemaal niets van waar was. Wat schoot je ermee op om zoiets in de krant te zetten? De Grindtegel zou wel blij zijn met zo'n stuk in de krant. Die zou het misschien nog gaan geloven ook. Opeens zag hij het zelfvoldane pokkengezicht voor zich. Hij werd woest, greep de telefoon en belde Krijn.

'Waar ben je?'

'Thuis.' Krijns stem klonk gewoon.

'Je hebt zeker de krant nog niet gelezen?' Daans stem trilde van kwaadheid.

'Nee, hoezo?'

'Kijk zelf maar, op de voorpagina van het regionieuws.'

'Wacht,' zei Krijn. Hij was even stil, maar op de achtergrond klonk geritsel. 'Bedoel je: Man opgepakt wegens mishandeling?'

'Precies.'

'Je wou toch niet zeggen dat de Grindtegel is opgepakt?' riep Krijn enthousiast.

'Lees nu eerst maar,' drong Daan aan. Het werd stil aan de telefoon. Gespannen wachtte Daan af.

'Zijn ze nou helemaal gek geworden!' hoorde hij Krijn schreeuwen. 'Eerst worden we voor niks opgepakt en, alsof dat nog niet erg genoeg is, zetten ze ook nog eens een fout stukje in de krant. En die Grindtegel maar smullen. Maar niet lang meer, dat zweer ik je. Pikken we dit?'

90

'Nee,' zei Daan.

'Dat dacht ik ook. Weet Sven het al?'

'Ik denk het niet, ik heb eerst jou gebeld.'

'Het is tijd voor actie, Danny boy. Wacht, ik bel eerst Sven even. Tot zo.'

Binnen de kortste keren ging de telefoon weer. 'We komen eraan,' meldde Krijn. 'We gaan naar het politiebureau. Svens moeder zegt dat ze maar een rectificatie moeten plaatsen, het is hun stomme fout. En anders doen we aangifte tegen die Grindtegel. Ga je mee?'

'Ja natuurlijk, wat dacht je dan?'

'Tot zo.'

Daan greep zijn jas en zijn fiets en wachtte voor het huis. Met zijn drieën reden ze naar het politiebureau in het dorp. Krijn smeet zijn fiets tegen de gevel en liep met grote stappen naar de hoofdingang.

'Rustig blijven,' waarschuwde Daan, terwijl Krijn de grote, glazen deur opentrok.

Krijn knikte opgewonden. Sven was al rustig, opvallend stil zelfs. Hij liep aarzelend achter zijn vrienden aan naar binnen. Het kostte wat moeite om de agent aan de balie te overtuigen dat ze echt iemand wilden spreken. De agent wimpelde hen af met de mededeling dat hij niet verantwoordelijk was voor persberichten. En al helemaal niet voor berichten van het bureau uit de stad. Voor een rectificatie moesten ze niet bij hem zijn, daar ging hij niet over. Wat hem betrof was de zaak daarmee afgedaan. Hij ging weer zitten, beantwoordde de telefoon en boog zich over de computer.

'Dan willen we aangifte doen,' zei Krijn plompverloren.

Nu had de agent wel weer aandacht voor hen. 'Aangifte? Heb je een afspraak gemaakt?'

'Nee,' zei Krijn, 'dat wist ik toch ook niet…'

Daan gaf hem een por. Krijn begreep de hint en zweeg.

'Ik zal even kijken wie er beschikbaar is,' meldde de agent en hij pakte de telefoon. 'Er komt zo iemand, jullie kunnen daar even wachten.' Hij knikte met zijn hoofd naar een rijtje helblauwe stoelen.

Ze zaten nog maar net toen een deur achter de balie openging. Een jonge agent wisselde een paar woorden met de man aan de balie en wenkte hen. Ze stonden op en volgden hem door de deur, naar een kleine ruimte.

Daan bekeek het kale, kille kantoor en rilde. Al die hokken leken op elkaar. Het gaf hem een verlaten gevoel.

De agent stelde zich voor en vroeg: 'Wat kan ik voor jullie doen?'

'We willen aangifte doen,' zei Krijn weer.

'Dat kan,' zei de agent. 'Alle drie?'

'Ja,' zeiden ze tegelijk.

'Jullie willen alle drie dezelfde aangifte doen?'

Ze knikten.

'Ik kan ook één aangifte opnemen van een van jullie, en de twee andere namen noteren,' stelde de agent voor.

'We willen alle drie aangifte doen,' drong Daan aan.

'Akkoord,' zei de agent. 'Als een van jullie dan in het kort even kan vertellen waarover het gaat.'

'We zijn vals beschuldigd,' zei Daan.

De agent keek van de een naar de ander. 'Alle drie? Dat is vervelend.'

'Heel vervelend,' knikte Krijn. 'We hebben een nacht voor niks in de cel gezeten.'

Nu werd de agent actief. 'Dan staat er vast iets in mijn computer. Ik heb even wat gegevens van jullie nodig.' Hij keek Krijn aan. 'Je naam en geboortedatum graag.' De agent tikte de informatie in. 'Hier heb ik het al.' Zijn ogen gleden over de regels. 'En wat was nu precies de bedoeling?'

Daan gaf antwoord. 'Wij willen aangifte doen tegen de eigenaar van de XS, omdat hij ons vals beschuldigd heeft.'

'Dat kan niet,' zei de agent. 'Ik zie hier dat de zaak geseponeerd is.'

Krijn keek moeilijk. 'Geseponeerd?'

'De zaak is opzij gelegd, dat betekent dat jullie niet vervolgd worden,' legde de agent uit.

'Dat klopt,' zei Daan, 'dat zei rechercheur Fransen ook.'

'Maar hij zei er wel bij dat ik aangifte moest doen,' drong Krijn aan.

'Dat kan niet,' zei de agent weer op dezelfde rustige toon. 'De zaak is geseponeerd, er is dus geen zaak meer. Jullie zullen daar morgen alle drie wel een brief over krijgen.'

Krijn schoof onrustig op zijn stoel heen en weer. 'Ik heb wel een nacht voor Piet Snot in de cel gezeten, omdat die man zei dat ik hem bedreigd had. Maar het is juist andersom. Die kerel heeft mij bijna gewurgd.' Hij veerde op van zijn stoel en boog zich over het bureau. 'Daar kan ik toch zeker wel aangifte van doen?'

Sven trok aan Krijns mouw. 'Wil je alsjeblieft gaan zitten,' vroeg hij met een klein stemmetje.

'Rustig maar, ik ga al zitten,' suste Krijn. 'Ik doe alleen maar wat die rechercheur vroeg. Gisteren kon het niet, omdat er niemand was. Anders had ik gisteren al aangifte gedaan.'

Nu ging de agent staan. 'Ik begrijp dat het heel vervelend voor je is. Aan de andere kant: wees blij dat het goed is afgelopen en dat de zaak geseponeerd is. Want ik zie dat zowel de eigenaar als zijn vrouw aangifte hebben gedaan van vernieling, bedreiging en belediging. Dat is niet mis.'

'Valse aangifte,' zei Daan. 'En dat stukje in de krant klopt ook niet.'

Maar dat hoorde de agent niet, of hij deed alsof hij het niet hoorde en liep naar de deur. 'Helaas kan ik niets voor jullie doen.'

Op de drempel aarzelde Daan. Dat advies om de XS in de gaten te houden, zou ook wel in de prullenbak zijn beland. Of niet soms? Hij vroeg het. En tot zijn verbazing gaf de agent meteen antwoord. 'Een collega van mij is al in gesprek met de eigenaar.'

Daan knikte tevreden. Dat was tenminste iets.

Met een klik viel de deur achter hen in het slot. Ze liepen terug langs de balie, toen Krijn opeens bleef staan. 'Kijk daar!' Hij wees naar een bordje op de balie. 'Doe altijd aangifte,' las hij hardop.

Daan trok hem mee naar buiten. Bij de fietsen moest Krijn eerst stoom afblazen. 'Tjonge, wat een zootje. Dat werkt daar mooi langs elkaar heen.'

Daan schudde zijn hoofd. 'Ik begrijp er helemaal niets meer van. Maar ik ben wel blij dat ze nu eindelijk de XS aanpakken.'

'Mijn idee,' bromde Krijn.

'En ik ben blij dat we weer buiten zijn,' zei Sven opgewekt.

'Wat bedoelde hij eigenlijk toen hij zei dat niet alleen de Grindtegel, maar ook zijn vrouw aangifte had gedaan?' dacht Daan hardop.

94

'Dat is nog altijd twee tegen drie,' zei Krijn grimmig.

'Maar daar gaat het toch niet om? Het gaat toch om de waarheid?' vond Daan.

Krijn gaf geen antwoord. Zijn mobieltje maakte lawaai in zijn jaszak. Bibi, seinde hij. Hij nam op en vertelde verontwaardigd wat er was gebeurd. Het gesprek duurde kort. Beteuterd stopte hij zijn telefoon weg. 'Weet je wat ze zei? Dat die Grindtegel niet te beroerd is om een paar van zijn vaste klanten ook aangifte tegen ons te laten doen.'

Daan pakte zijn fiets. 'Laten we er maar mee ophouden,' zei hij kortaf. 'Die kerel is tot alles in staat.'

'Zullen we iets afspreken?' vroeg Sven. Het klonk haast smekend.

Daan aarzelde. Hij had helemaal geen zin, hij wilde het liefst meteen naar huis. 'Morgen na school?'

Sven knikte. 'Bij mij?'

Dat was afgesproken.

Behoorlijk chagrijnig kwam Daan thuis. Zijn moeder en Margot wachtten hem op.

'En?' vroeg Margot.

Daan liet zijn schouders zakken. 'Niets. We kunnen geen aangifte doen. De zaak is gesloten.'

'Dit wordt me toch echt te gortig,' mopperde zijn moeder. 'Ik ga die rechercheur bellen.'

Daan liet zich in een luie stoel zakken. Met zijn jas nog aan volgde hij zijn moeder, die met de telefoon aan haar oor heen en weer liep. Op een rustige toon begon ze te praten. Maar na een kwartier raakte haar geduld op. 'Nee, ik begrijp er niets meer van,' riep ze. 'Maar begrijpt u hoe het zit met mijn gevoel voor rechtvaardigheid?' Na twintig minuten hing ze op. 'Het is toch niet te geloven!'

'Wat zei hij dan?' vroeg Daan.

Zijn moeder deed de rechercheur na. 'U moet het zo zien, mevrouw: het is een technisch sepot.' Ze zuchtte. 'Dat heeft hij wel tien keer gezegd. Maar al zegt hij het honderd keer, ik begrijp er geen snars van.'

Hoopvol keek Daan naar Margot. Maar die hield zich stil, hierover had ze vast nog geen college gehad.

Met het tempo van een slak reden Daan en Sven de volgende middag op het fietspad langs de Rijksweg. Krijn zat nog op school, de pechvogel, hij zou wat later komen. Daan was blij dat zijn schooldag erop zat, hij voelde zich moe, hondsmoe. Dat was natuurlijk omdat hij een nacht had overgeslagen. Die slapeloze nacht in de cel had hem opgebroken. En daarna was hij te onrustig geweest om goed te kunnen slapen. Maar als hij nu zou gaan liggen, in de berm naast het fietspad, dan zou hij als een blok in slaap vallen. Zo moe was hij. Naast hem passeerde een eindeloze rij auto's. Hij zweeg, hij had geen puf om het motorgeronk te overstemmen. Vandaag was de lente begonnen, de juf van Engels had er vrolijk melding van gemaakt. *It's spring!* Ze had het over *the birds and the bees*. Dat kon dan wel zo zijn volgens de kalender, maar hij voelde zich helemaal niet springerig. En om zich heen zag hij alleen kale takken tegen grijze luchten. Geen kwetterende vogeltjes of zoemende bijtjes.

Hij keek op. Ze waren al bijna bij de bocht met de altijd groene struiken, waarachter het hek schuilging. Even later ploegde hij naast Sven door het grind, terwijl de ijzeren poort automatisch dichtschoof. Ze zetten hun fiets in de garage en liepen binnendoor naar de kelder, waar Daan zich als een zandzak op de dikke kussens liet vallen. 'Ik ben kapot.'

'Wacht,' zei Sven. Hij liep heen en weer met glazen en een fles cola. 'Hier knap je van op. Er zit cafeïne in, zegt mijn moeder.' Hij liep weer weg en viste een grote zak chips uit een van de kastjes. 'En dit zijn calorieën, zegt ze. Slecht voor haar, maar niet voor ons.'

Daan schoot in de lach. 'Dan kunnen wij die maar beter opeten.' Hij nam een slok, misschien knapte hij daar echt van op. Zwijgend zaten ze naast elkaar op de bank, alleen het gekraak van de chips was hoorbaar. Toen klonk de zoemer van de poort. Sven sprong op. 'Dat zal Krijn zijn.' Hij liep naar de intercom om de poort te openen. 'Daan!' Het klonk benauwd, Daan keek geschrokken op. 'Kom!' wenkte Sven.

Aarzelend stond Daan op. Maar toen hij het van angst vertrokken gezicht van Sven zag, liep hij met grote passen naar hem toe.

'Oh, nee toch,' kreunde Sven. Met grote ogen staarde hij naar de monitor.

Daan keek ook. 'De Grindtegel!' Met ingehouden adem, zijn ogen strak op het beeldscherm gericht, volgde hij de bewegingen van hun aartsvijand. Die drentelde met kleine stapjes langs de poort heen en weer.

'Wat komt hij hier doen?' dacht Daan hardop.

'Hij weet waar ik woon,' piepte Sven. 'Hoe is hij daar achtergekomen?'

Zwijgend volgden ze de bewegingen van de man op de monitor. Die drukte opnieuw op de bel en stak zijn hoofd naar voren. Levensgroot doemde zijn gezicht op het beeldscherm op. Daan en Sven deinsden achteruit.

'Hij gaat niet weg, hij weet dat we er zijn,' fluisterde Sven. 'Hij moet óns hebben. Maar we doen niet open. Echt niet.'

97

'Krijn!' schrok Daan. 'Krijn kan elk moment hier zijn. Die twee mogen elkaar niet tegenkomen. Dat gaat niet goed.'

Sven graaide zijn telefoon van de bank en gaf die aan Daan. 'Hier, bel jij hem.'

Met de telefoon aan zijn oor bleef Daan de beelden volgen. 'Hij neemt niet op. Toe, Krijn, man, pak die telefoon.' Ongeduldig trommelde hij met zijn vingers tegen zijn broekspijp. Na een eeuwigheid kreeg hij de bezettoon. Daan belde opnieuw, onrustig voor de monitor heen en weer lopend. De Grindtegel stond nog steeds voor het hek.

Opeens greep Sven zijn arm. 'Kijk daar!'

Daan liet zijn arm met de telefoon zakken en keek vol spanning toe. De Grindtegel haalde iets uit zijn binnenzak, iets wits, en stopte het in de brievenbus naast de poort. Toen liep hij weg, aarzelde en draaide zich om. Opnieuw keek hij naar het huis. Ten slotte haalde hij zijn schouders op, liep weg en verdween uit beeld.

Daan blies zijn adem uit. 'Die is weg.' Uit de telefoon in zijn hand klonk opnieuw de bezettoon. 'En Krijn ook, hij neemt niet op.'

Sven staarde naar de monitor waarop nu niets meer bewoog. 'Is hij echt weg? Hij zal toch niet achter de struiken staan om ons op te wachten?'

'Dat meen je niet,' schrok Daan. Hij hield zijn adem in en luisterde. Je hoorde hier onder in de kelder verdorie helemaal niets. Geen autodeur, geen motorgeluid. Met samengeknepen ogen staarde hij naar de monitor. Toen gaf hij Sven een stomp. 'Kijk daar! Dat moet hem zijn.'

Samen keken ze naar de auto die langzaam achter de struiken vandaan kwam, een draai maakte voor de poort en verdween.

Daan veegde met zijn vingers langs zijn voorhoofd, alsof hij het zweet weg wilde wissen. 'Nu is hij echt weg.'

Sven knikte. 'Gelukkig wel. Maar wat kwam hij doen?'

'Hij stopte iets in de brievenbus,' zei Daan.

'Een excuusbrief!' riep Sven. Hoopvol keek hij Daan aan.

'Een excuusbrief? Denk je dat echt?'

Sven knikte. 'De politie heeft toch met hem gepraat? Misschien hebben ze gezegd dat wij aangifte wilden doen. En nu voelt hij nattigheid en stuurt een excuusbrief.'

'Of de rekening van een nieuwe buitenlamp,' bromde Daan.

'Die heb ik toch niet kapot gemaakt!' sputterde Sven.

'Dat boeit de Grindtegel niet,' zei Daan. 'Als je echt wilt weten wat hij in de brievenbus heeft gestopt, moet je gaan kijken.'

Sven slikte. 'Durf jij?'

Daan aarzelde. De gedachte in zijn eentje naar buiten te gaan, met het risico dat de Grindtegel toch nog terugkwam, stond hem tegen. 'Ik heb een beter idee. Laten we wachten tot Krijn komt, dan zijn we tenminste met zijn drieën.'

'Goed idee,' vond Sven. 'Ik zal hem nog eens bellen.'

Gelukkig nam Krijn nu wel op. Daan luisterde mee naar het gewapper en geflapper, alsof Krijn midden in een windhoos zat.

'Waar ben je?' schreeuwde Sven.

'Bijna bij de poort,' schreeuwde Krijn terug. 'Tot zo.'

Ze wachtten voor de monitor tot Krijn het beeld binnenfietste.

'Ik ga naar buiten,' mompelde Daan.

'Als ik ook maar iets verdachts zie, bel ik meteen de politie.'

'Alsjeblieft niet,' schrok Daan. 'De laatste keer dat jij hen belde, liep het niet zo goed af. Dus wat er ook gebeurt: bel niet!'

Daan liep naar de trap. Of het door de cola of door de Grindtegel kwam, wist hij niet, maar moe was hij niet meer. Hij voelde zich springlevend. Toch nog een beetje *spring*, zoals de juf gezegd had.

Toen hij de keukendeur opende, vloog die bijna uit zijn handen. Een gure wind stond pal op de achterkant van het huis en rammelde aan de luiken. Hij dook in elkaar en liep met grote passen over het grind, de hoek om, waar de wind niet komen kon. Hij trok een sprintje naar Krijn, die juist zijn fiets door de opengaande poort naar binnen wurmde.

'We hebben post.' Daan opende het luikje en graaide alle brieven bij elkaar. 'Kom gauw naar binnen.'

Voor deze ene keer deed Krijn zonder tegensputteren wat hem werd gevraagd. Gelukkig, dacht Daan, want met die poort schoot het niet op. Tergend langzaam schoof het ding steeds verder open. Dat kon nog wel even duren voor die weer helemaal dicht was, maar daar wachtte hij niet op. Met Krijn op zijn hielen stoof hij naar binnen.

'De post. Ik heb alles maar meegenomen.'

Krijn keek handenwrijvend van de een naar de ander. Hij had rode wangen van het fietsen. Om hem heen hing een geur van koude buitenlucht. 'Wat is er met de post?'

'De Grindtegel heeft iets in de brievenbus gegooid,' antwoordde Sven. Hij doorzocht het stapeltje. Er zat een envelop zonder postzegel bij. Aan Sven Frederik Anderson, stond er in slordig balpenhandschrift.

Verbaasd keek Sven hen aan. 'Hoe weet de Grindtegel mijn voornamen zo precies?'

'Maak nu eerst die envelop open, dan pas weet je zeker wie de afzender is,' zei Daan.

Sven scheurde hem open.

Daan plofte zowat van nieuwsgierigheid. 'En? Is-ie van de Grindtegel?'

'Dat staat er niet onder,' zei Sven serieus.

'Nee, wat dacht je dan? Dat hij met Grindtegel ondertekende?' Daan schoot in de lach. 'Hoogachtend, de heer Grindtegel.'

Nu pas snapte Sven het grapje. Hij lachte flauwtjes, en schoof wat dichter naar zijn vrienden. 'Lees maar mee.'

Samen bogen ze zich over de brief, hun hoofden dicht bij elkaar.

Jongerencafé XS

Aan Sven Frederik Anderson
Ondergetekende deelt u hierbij mee dat u voor nu en in de toekomst de toegang tot bovengenoemd bedrijf en bijbehorend erf wordt ontzegd. Ik ben tot dit besluit gekomen omdat u op de avond van 18 maart bedreigingen hebt geuit, agressief gedrag vertoond en vernielingen aangericht. Dit na herhaalde waarschuwingen en een mondelinge ontzegging uit het café.

Eventuele pogingen van uw kant om zich desalniettemin bij het bedrijf te vervoegen of daar binnen te treden zullen alsdan onherroepelijk de nodige consequenties voor u met zich meebrengen.

Een kopie van deze brief zend ik naar de politie en de gemeente.

Deze ontzegging is opgemaakt op 20 maart en ondertekend door:

J. Eberwein
Jongerencafé XS

Ze keken elkaar aan, hun ogen groot van verbazing. Daan klonk grimmig. 'Hij geeft ons een caféverbod. Nu is het oorlog.'

'Wat een leuterkoek,' bromde Krijn, 'daar heb je wel een woordenboek bij nodig. Laat nog eens zien.' Hij ritste zijn jack los. Met de brief in zijn rechterhand wurmde hij zijn linker uit de mouw, en vervolgens andersom. 'Wat een klerelijer!' Met een plof viel zijn jack op de grond. 'Een caféverbod! Alsof we ooit nog van plan waren een voet in die achterlijke tent te zetten. Die knakker liegt alles aan elkaar vast, het is toch niet te geloven!'

'Maar intussen heeft hij wel mooi zo'n brief naar de gemeente en de politie gestuurd,' brieste Daan. 'Alsof we tuig zijn! Wat een achterlijke brief! Belachelijk! Moet je die woorden zien. Hoe verzint hij het... Dat is toch geen taal voor zo'n hersenloze kwal? Zo praat de Grindtegel toch niet? Je maakt mij niet wijs dat hij die brief zelf heeft verzonnen.'

Hij trilde van kwaadheid, griste de envelop van tafel en hield die voor Krijns neus. 'Heb je dit al gezien?'

Krijn hield zijn hoofd wat naar achter om het opschrift te kunnen lezen. 'Aan Sven Frederik Anderson.' Hij keek Sven aan. 'Klopt dat, heet je echt zo? Hoe weet die kerel dat? Ik wist het niet eens.'

'Ik heb nog zo'n brief gevonden bij de post,' zei Sven, en hij zwaaide met een grote, witte envelop. 'Van de politie.'

Daan en Krijn bestudeerden het opschrift. 'Aan de ouders van Sven Frederik Anderson.'

'Dat kan haast geen toeval zijn,' mompelde Daan. 'Zou dat de brief zijn waar die agent het gisteren over had?'

Ze keken elkaar aan. Toen scheurde Sven de envelop open. 'Het mag vast wel van mijn moeder, het gaat toch over mij?' Met zijn drieën bogen ze zich over de brief. Hardop las Daan: 'Sepotmededeling. Gelet op de resultaten van het tegen uw zoon ingestelde politieonderzoek is besloten hem niet (verder) te vervolgen. De reden hiervoor is dat er onvoldoende wettig bewijs is. Hoogachtend, de hulpofficier van Justitie.'

'Dat is tenminste goed nieuws,' zuchtte Sven opgelucht.

Daan trok zijn wenkbrauwen op. 'Goed nieuws? We hebben niets gedaan, dan is het toch de normaalste zaak van de wereld dat we geen straf krijgen? Maar intussen ligt er wel zo'n brief bij de gemeente en de politie, waarin we zwart gemaakt worden.'

'Daar heb je gelijk in,' knikte Sven.

'En dat pikken we niet!' zei Krijn.

'Precies,' vond Daan. 'Dat pikken we niet langer, die Grindtegel moet ophouden met zijn asociale gedrag. Maar wat doen we eraan?'

'We nemen wraak!' riep Krijn en hij klonk bloeddorstig.

'Maar hoe?' vroeg Daan.

Krijn sprong op en wreef zich in de handen. 'Mijn vader heeft nog wel een karrenvracht varkensmest, die kiepen we voor de deur van de XS. Heerlijk, die geur. Dan blijven de klanten vanzelf weg en kan hij de tent sluiten'

Sven werd ook enthousiast. 'Mijn vader heeft nog wel een lijkkist staan. We stoppen de Grindtegel erin en schroeven de deksel dicht. Dan wachten we net zolang tot hij om genade smeekt.'

Ze kregen de smaak te pakken en riepen van alles door elkaar, tot Daan zei: 'Nu even serieus. We nemen wraak, dat staat vast. We gaan ervoor zorgen dat er niets meer overblijft van de XS. Maar zonder dat we zelf risico lopen. Afgesproken?'

Krijn knikte. 'Mijn idee, Danny boy.'

'We gaan toch niet vechten?' vroeg Sven.

'We gaan een ijzersterk plan bedenken,' zei Daan. 'Er moet iets gebeuren.' Hij stond op en trok zijn jas aan. 'Ik ga naar huis, kijken of ik post heb.'

9

Thuis kwam Margot meteen op hem af. 'Er is een brief van de politie, mama heeft hem al gelezen.'

Daan liep naar het kastje in de kamer, waar de post altijd lag, en keek het stapeltje door. De brief die hij zocht, zat er niet bij. 'Is dit alles?'

In zijn binnenzak trilde zijn mobiel. Het was Krijn. 'Ik heb ook een brief van de Grindtegel gehad,' meldde hij.

'Ik niet,' zei Daan. Toen schoot hem te binnen dat de postbode 's morgens al kwam, terwijl de Grindtegel pas 's middags bij Sven opdook. 'Wacht, ik kijk nog even in de brievenbus.'

Met de telefoon aan zijn oor liep hij de gang in en bukte bij de brievenbus. Daar lag, eenzaam en verlaten, een brief zonder postzegel. 'Aan Daniël Simon Smit,' las hij hardop. Het gaf hem een raar gevoel in zijn maag.

'Hij weet het precies, hè,' zei Krijn.

Daan knikte. Hij raapte de brief op en liep terug naar de kamer.

'Tijd voor de mestkar,' bromde Krijn.

'De hoogste tijd,' vond Daan, 'maar niet voor de mestkar. We moeten iets anders bedenken.'

'Dat idee van Sven vond ik ook wel wat,' ging Krijn verder. 'Maar als je iets beters weet...'

'Je hoort nog van me,' beloofde Daan.

Hij legde zijn mobiel neer en scheurde de envelop open.

Net wat hij dacht, dezelfde brief als Sven gekregen had. Hij haalde de brief van de politie erbij. Meteen stond Margot naast hem. 'Wat is dat?'

'Een brief van de geachte heer Grindtegel.'

Razendsnel gleden haar ogen langs de regels. 'Zo, dat is niet mis. Nog geen veertien en nu al een caféverbod. Jij breekt alle records, joh.' Hardop las ze: 'Bedreigingen, agressief gedrag, vernielingen, herhaalde waarschuwingen... Dat klinkt ernstig.'

Daan liet zich op een stoel zakken. 'Je gelooft toch niet wat er staat?'

'Natuurlijk niet, ik ken je toch, je bent toch mijn broertje.'

'Maar het staat er wel,' bromde Daan. 'En bij de gemeente en de politie zullen ze nu ook wel denken dat dit waar is. En hier, moet je dit zien.' Hij pakte de envelop en las hardop: 'Daniël Simon Smit. Hoe weet die kerel dat? Bij Sven en Krijn was het al net zo.'

Margot trok een stoel bij. 'Weet je wat ik denk?' Met slimme oogjes keek ze van Daan naar de brieven op tafel. 'Ik denk dat de politie die meneer Eberwein een handje heeft geholpen bij het schrijven van die brief.'

'Dat meen je niet!' riep Daan.

'Ik meen het serieus,' hield Margot vol. 'Leg de brieven maar naast elkaar. Op allebei staat Daniël Simon. Hoe weet die man dat? Je zei gisteren toch dat er een agent bij de XS was geweest? Die zal heus wel gezegd hebben dat de zaak geseponeerd is. En daar zal meneer eh... Grindtegel niet blij mee zijn. Vorige keer, met Mo, was dat ook al zo. Krijn heeft toen toch een verklaring afgelegd, waardoor Mo vrijuit ging? Daar zal die Grindtegel ook niet blij mee zijn. Misschien wil hij Krijn gewoon terugpakken, en zegt hij daarom dat jullie zijn zaak al een tijd lang terroriseren. En toen heeft die agent waarschijnlijk gezegd dat hij jullie schriftelijk een caféverbod kan geven. Want dit...' Margot pakte de brief van de XS. 'Dit is gewoon een stukje tekst uit de politieverordening, als je het mij vraagt. Volgens mij heeft hij dat zo overgeschreven.'

'Ik dacht al, waar haalt die sukkel die moeilijke woorden vandaan?' riep Daan. 'Maar er is nog iets. Zondag vroeg rechercheur Fransen of wij een schriftelijk caféverbod van de Grindtegel hadden gekregen. En dat was niet zo. Dus nu heeft de politie hem geholpen met die brief. Ze spelen samen onder een hoedje, met zijn allen tegen ons.'

'Je zou het haast denken,' knikte Margot.

Daan werd strijdlustig. 'Wat kunnen wij daar tegen doen?'

'Weinig, ben ik bang.' Margot wapperde met de brief van de XS. 'Denk erom: zo'n caféverbod is officieel. Als jullie ook maar één voet binnen zetten, kan de politie ingrijpen.'

'Wat!' schrok Daan. 'Dat betekent zo ongeveer dat wij vogelvrij verklaard zijn. Die Grindtegel hoeft ons maar te zien en hup... daar zitten we weer in het cellencomplex.'

'Dan moet je wel echt op zijn grondgebied geweest zijn,' legde Margot uit.

'Dat verzint die Grindtegel zelf wel. Hij liegt alles bij elkaar. En weet je wat het ergste is? Iedereen gelooft hem, en niemand luistert naar ons.' Hij woelde met zijn handen door zijn haar en dacht na. 'Dus volgens jou is het een wraakactie van de Grindtegel?'

'Daar lijkt het wel op,' knikte Margot. 'Maar ik vind het niet normaal.'

'Die man is ook niet normaal,' klaagde Daan. 'Overdag

speelt hij de zielige zeurpiet die bij de politie klaagt over de beruchte bende die hem lastig valt. En 's nachts wordt hij een monster dat zich achter de deur verstopt om ons naar de keel te vliegen. Snap jij dat?'

'Misschien is hij verslaafd aan drank of drugs, en kan hij daarom niet meer normaal denken,' opperde Margot. 'Of misschien is hij ziek, schizofreen of zo. Zo'n man zou geen jongerencafé moeten runnen.'

Daan keek op. 'Daar gaan wij wat aan doen: wij nemen wraak!'

Margot schrok ervan. 'Kijk maar uit, joh. Je gaat toch geen stomme dingen doen? Je hebt al genoeg problemen.'

'Ik ben echt wel voorzichtig. En als het misgaat, neem ik jou als advocaat.'

'Dat zou ik niet doen,' zei Tim. Hij stond op de drempel met zijn helm op zijn hoofd en een grote tas van de pizzeria in zijn handen.

'Waarom niet?' vroeg Daan verbaasd.

'Heb je dat nog niet gemerkt? Zij heeft vaker vrij dan colleges, volgens mij leert ze niet veel,' plaagde Tim. 'Kom, we gaan gauw eten, zo meteen moet ik weer bezorgen.'

'Waar zijn papa en mama?'

'Naar een receptie,' wist Margot, 'en daarna uit eten.'

Dus deden ze wat anders niet mocht: op de bank voor de tv eten. Zo had je ook geen gezeur over wie de vaatwasser moest inruimen, dacht Daan, toen hij na afloop de lege pizzadozen weggooide. Hij kroop weer op de bank en keek tv, maar zijn gedachten waren er niet bij. Hij voelde zich machteloos en schaamde zich dood. Door die brief naar de gemeente en de politie te sturen, had de Grindtegel hem in het openbaar afgeschilderd als agressief en asociaal. Wie die brief las, zou denken: zo, dat is een lekkere jongen. Leuk voor zijn ouders. En ook voor Anouk. Straks werd zij er nog op aangekeken. Juist Anouk, die nog geen vlieg kwaad deed. Die Grindtegel moest stoppen met zijn vuile spelletjes.

Hij rekte zich uit, vouwde zijn handen onder zijn hoofd en staarde naar het witte plafond. Misschien kwam hij zo op een goed idee. Er moest toch een manier zijn om de Grindtegel voorgoed de mond te snoeren?

Hij leunde voorover, plantte zijn ellebogen op zijn knieën en dacht na. Waar bleef hij nu met zijn ijzersterke plan?

Hij had geen idee. Zijn hoofd zat te vol om helder te denken.

Morgen had hij het interview met die journalist en het was maar goed dat hij de vijf vragen al een poos geleden bedacht had. Hij moest ze alleen nog printen, schoot hem te binnen.

Hij liep naar zijn kamer en schoof achter zijn computer. Nog een keer las hij de vragen door.

1 Waarom bent u journalist geworden?
2 Zijn uw verwachtingen uitgekomen?
3 Wat is het meest boeiende van journalistiek?
4 Wat is uw ergste ervaring in dit vak?
5 Hoe ziet u uw toekomst in dit beroep?

Terwijl de vragen uit de printer rolden, opende hij zijn mailbox. Er was één nieuw bericht. Van Anouk! Hij ging rechtop zitten en opende het mailtje.

Ik hang al minstens een uur boven mijn huiswerk, maar ben nog geen stap verder. Mijn hoofd zit vol van jou. Wil je uit mijn hoofd gaan?
XXX

Anouk schudde hem wakker. Zijn hoofd had ook vol gezeten, met gepieker. Zo vol dat er voor haar geen plaats meer was. Maar nu was dat over. Hij voelde zich tintelfris en vol energie. Wanneer was dat bericht verzonden? Tien minuten geleden, dan zat ze vast nog boven haar huiswerk te dromen.

Hij sprong op, hij ging haar verrassen. Weg met het gepieker, leve de liefde! Hij greep zijn fiets en plukte in het voorbijgaan snel een paar blauwe bloempjes uit de voortuin. Met het miniatuurboeketje belde hij even later bij Anouk aan.

Haar moeder deed open, tenminste, hij gokte dat het haar moeder was.

'Is Anouk thuis?' Hij hijgde van het harde fietsen.

Ze keek naar het boeketje en glimlachte. Toen liep ze naar de trap, halverwege de gang, en riep: 'Anouk! Bezoek!' En tegen Daan: 'Loop maar door, hoor.'

Het klonk als een gedicht. Anouk – bezoek. Hij nam het in gedachten mee naar boven, bij elke tree: Anouk – bezoek.

Op de overloop stond hij stil, bij vier gesloten deuren.

'Ik zit op zolder,' riep Anouk van boven.

Hij beklom de volgende trap, tot de drempel van haar kamer. De warmte kwam hem tegemoet. Daar stond hij dan met zijn knullige boeketje. Hij was opeens zijn tekst kwijt. Zou ze het niet stom vinden?

'Vergeet-mij-nietjes!' zei Anouk blij.

Vergeet-mij-nietjes? Had hij vergeet-mij-nietjes meegebracht? Hij zweeg verbaasd.

Ze sprong van haar bureaustoel en kwam naar hem toe. 'Wat lief van je. Ik vind vergeet-mij-nietjes zo romantisch.

Jij ook?' Ze wachtte zijn antwoord niet af, maar peuterde een opgebrand waxinelichtje uit een glaasje, vulde het met water, en zette de bloempjes erin.

Vanaf de drempel keek hij de zolderkamer rond. Onder het schuine dakraam stond een glanzend rood bankje in de vorm van een mond. Het volmaakte plekje om urenlang met haar te zoenen, dacht hij.

Ze zette de bloemen op haar bureau en liep naar hem toe. 'Dank je.' Ze pakte zijn hoofd in allebei haar handen en gaf hem een kus. Dat smaakte naar meer. Hij sloeg zijn armen om haar heen, en gluurde over haar schouder naar het bankje. 'Ik las je mailtje.' Hij had zijn spraak weer terug. 'Moet ik echt uit je hoofd gaan?'

Ze schudde van nee. Hij drukte zijn lippen heel zacht op haar voorhoofd, telkens een klein stukje verder, tot er geen plekje onberoerd was.

Onder aan de zoldertrap klonken trage voetstappen. In het trapgat verscheen de moeder van Anouk, een wasmand met zich meezeulend. 'Even de was ophangen. De truien willen maar niet drogen met dit weer.'

Anouk rolde met haar ogen. 'Kennen jullie elkaar al? Mam, dit is Daan.'

Daan schudde de uitgestoken hand.

'Kom.' Anouk trok hem over de drempel en sloot de deur. De bureaulamp verlichtte alleen het blad met huiswerk en de computer. In het schemerdonker gleden haar handen onder zijn jack. 'Ik heb je gemist.' Ze sabbelde zacht aan zijn oor. 'Jij mij ook?'

Hij had vandaag meer aan de Grindtegel gedacht dan aan haar. Het zweet brak hem uit. De warme kamer, zijn dikke winterjack en die scharrelende voetstappen vlak achter de deur. Maar nu hij bij haar was, besefte hij dat hij haar echt niet wilde missen. 'Ja, ik jou ook.'

Achter de deur viel een wasknijper ratelend over de plankenvloer. Hij schrok ervan, maakte zich los uit haar handen en zette een stap opzij.

Ze trok hem mee naar het bureau en wees naar de bloemen. 'Weet je wat ik net bedacht? De allermooiste ga ik drogen, die lijst ik in. Dan heb ik voor eeuwig een vergeet-mij-nietje van jou.'

'Gekkie.' Hij drukte een kus op haar haar. Het rook fruitig.

Er werd geklopt. Meteen ging de deur open. 'Denk je nog aan je huiswerk, Anouk?'

Nee, schudde Anouk.

Daan sloot zijn ogen. Die moeder werkte behoorlijk op zijn zenuwen. 'Ik denk dat ik maar beter kan gaan. Zullen we iets afspreken?'

'Ik bel je,' beloofde ze.

Ze bleven staan met hun armen om elkaar heen, tot hij zich langzaam losmaakte. Bij de deur keek hij nog een keer om. Het rode bankje keek uitdagend terug. 'Tot gauw,' beloofde hij.

'Wacht, ik laat je uit. Even mijn schoenen zoeken.'

Toen hij door de donkere straten naar huis fietste, was het lang zo koud niet meer als op de heenweg. Bij de voortuin stond hij even stil. In het schijnsel van de lantaarn keek hij naar de kleine blauwe bloempjes, die zacht trilden op een vleugje wind. Hij had niet geweten dat ze vergeet-mij-nietjes heetten. Nu wist hij het, voor altijd.

Na school meldde hij zich, ietwat zenuwachtig, in de stad bij de balie van de krant. 'Ik heb een afspraak met Hans Schepers.'

'Momentje,' zei de vrouw achter de balie en ze belde. 'Hij komt eraan. Je mag daar even wachten.' Ze wees naar een bank en wat stoelen tegenover haar.

Hij liep erheen. Nog voor hij zat, zwaaide de brede deur achter de balie open. Een nog jonge man, de mouwen van zijn zwarte overhemd nonchalant opgerold, liep op hem af. 'Jij moet Daan zijn. Hallo, ik ben Hans Schepers, loop je mee?'

Aardige man, dacht Daan, terwijl hij hem volgde door een lange gang. Achter de openstaande deuren werd druk gewerkt. Toch was het stil in de gang, alsof het geluid werd opgeslorpt door de vloerbedekking en de geribbelde tegels aan het plafond. Precies het tegenovergestelde van het cellenblok, dacht Daan in een flits.

Voor een van de deuren bleef de journalist staan. 'Kom binnen.' Hij trok een stoel opzij voor Daan en ging zelf aan de overkant zitten, waar zijn laptop stond. 'Je kwam voor een interview voor de schoolkrant?'

Daan knikte.

'Moest je per se een journalist interviewen of mocht je zelf kiezen?'

'Ik mocht zelf een beroep kiezen,' antwoordde Daan.

Hans Schepers duwde een pluk haar weg. 'En waarom koos je voor journalist?'

'Dat wil ik zelf ook worden.' Daan lachte. Wie interviewde hier wie? Hij had nog geen tijd gekregen om zijn blad met vragen uit zijn rugzak te halen, maar intussen al wel drie vragen beantwoord. Snel griste hij het vel papier tevoorschijn. Niet omdat hij de vijf vragen niet meer wist, maar het was handig om aantekeningen te maken.

'Waarom bent u eigenlijk journalist geworden?' Ziezo, dat was de eerste vraag. Hij had geprobeerd zijn stem heel gewoon te laten klinken, alsof hij dagelijks mensen interviewde. 'Zeg maar jij, anders voel ik me zo oud. Tja, waarom?' Hans leunde achterover en vouwde zijn handen voor zijn buik. 'Om de spanning, en de afwisseling. Een journalist komt op plaatsen waar iets gebeurt. Moord, brand, je weet het altijd als eerste. En je bent altijd op zoek naar de waarheid, naar het echte verhaal achter de feiten.'

Daan krabbelde wat steekwoorden neer en stelde zijn tweede vraag. 'Zijn uw verwachtingen uitgekomen?'

'Of mijn verwachtingen uitgekomen zijn?' Hij maakte zich los van de rugleuning en plantte zijn ellebogen op het bureau. 'Ja en nee. Het is een spannend en afwisselend beroep. En ja, ik kom op plaatsen waar iets gebeurt. Maar het vak is mooier dan ik ooit had kunnen denken, er zitten veel meer kanten aan. De research vind ik fascinerend. Je krijgt bijvoorbeeld een tip van iemand, of gewoon een opdracht, om iets uit te zoeken. Je bestudeert de zaak en gaat op onderzoek uit. Welke mensen zijn erbij betrokken? Wat weten ze? Zijn ze betrouwbaar? Stap ik er direct op af of ga ik undercover? Wat is de beste manier om de waarheid boven tafel te krijgen? Je kunt het op zoveel verschillende manieren benaderen, snap je. Je komt rare dingen tegen. Mensen zijn soms wonderlijke wezens. Mijn moeder zegt wel eens: je had rechercheur moeten worden. Je bijt je vast in een zaak en laat die pas los als je de waarheid boven tafel hebt.' Hij schudde zijn hoofd. 'Rechercheur is niets voor mij. Je bent met handen en voeten aan regels gebonden. Als journalist heb je ook regels, maar je bent veel vrijer.' Hij onderbrak zijn verhaal omdat de telefoon ging.

Daan probeerde de juiste steekwoorden te vinden, wat niet meeviel bij zo'n spraakwaterval. Vrijheid en research, dat leek hem het beste.

Het bleek een kort telefoontje. Hans nam meteen de draad weer op. 'Het meest boeiende van dit vak is dat je vaak de stem van de underdog kunt zijn. Van de onderdrukte, de minderheid. Die schreeuwlelijkerds, de jongens met de grote bek, laten zich wel horen. Vaak ten koste van anderen. De zwakkeren, de slachtoffers, hoor je niet.' Hij pauzeerde even. 'Je kijkt me zo aan?'

'Dit was mijn derde vraag,' grijnsde Daan.

'Wat toevallig. Ik zal je een voorbeeld geven,' vervolgde Hans. 'Het is wel het meest schrijnende verhaal tot nu toe. Er gingen geruchten dat er iets mis was met het verpleeghuis hier in de stad. Je weet wel, dat tehuis waar mensen wonen die dement zijn. Die zorg moet goed zijn, omdat die mensen niet meer voor zichzelf op kunnen komen. Dus voor wat eerste informatie probeerde ik in contact te komen met een verpleegster die daar werkte. Fout. Zij wist van niets en dacht dat ik verkering zocht. Toen liep ik toevallig iemand tegen het lijf die daar ooit gesolliciteerd had. Stom toeval. Maar in je achterhoofd ben je altijd met je vak bezig. Zij vertelde me haar verhaal, waardoor ik opeens op een totaal ander spoor werd gezet. Kun je het nog volgen? Nee, natuurlijk niet. Het is ook niet te volgen. Maar ik kwam er wel achter dat een paar afdelingshoofden een clubje hadden. Zij waren de baas, zij bepaalden wat er gebeurde, en wie er wat mocht doen. Of juist niet mocht doen.'

Hans was steeds sneller gaan praten, maar opeens onderbrak hij zijn verhaal. 'Ach, ik verveel je. Het verhaal is niet in het kort te vertellen. Zes maanden ben ik ermee bezig geweest, je kwam er met geen bulldozer doorheen. Dat club-je, daar was de maffia heilig bij. En weet je wat het allerergste was? Toen ik mijn artikel bijna had afgerond, is er iemand overleden. Een oude vrouw, haar verstand was ze kwijt, is voor straf door zo'n hoofd op het balkon gezet. Omdat ze zogenaamd lastig was. Ze zijn alleen vergeten die vrouw weer naar binnen te halen. En 's nachts, in haar dunne jurkje daar op dat balkon, is ze onderkoeld geraakt. Ze heeft het niet overleefd.'

Hans zweeg en keek door het raam. 'Shit, wat een vak. Wil je wat drinken. Koffie? Thee?'

'Thee,' antwoordde Daan. Hij schreef geen woord meer op, maar dacht na. Het verhaal van Hans had hem op een idee gebracht. Hans was de man die hen kon helpen. Maar hoe moest hij het aanpakken?

In hetzelfde tempo waarmee hij vertelde, kwam Hans met twee kopjes terug. Hij peuterde aan het suikerzakje en keek naar Daan. 'Een journalist moet de juiste vragen weten te stellen. En dat doe jij blijkbaar, want ik raak niet uitgepraat. Maar een goed journalist moet ook kunnen luisteren en dat heb ik tijdens dit interview nauwelijks gedaan. Maar ik kan het wel. Zeg het maar, wat wil je kwijt? Ik luister.'

Dit was zijn kans! Daan greep zijn agenda en haalde de brieven van de politie en de Grindtegel eruit. Die legde hij, samen met het krantenknipsel, op het bureau. Gespannen keek hij naar het gezicht van Hans. Die nam een voor een de papieren in zijn hand en bekeek ze. 'Dit klopt niet,' stelde hij vast. 'In de brief van de politie ga je vrijuit en in de andere, die van dat café, word je alsnog beschuldigd. En dat krantenknipsel is flut, dat heeft niets met journalistiek te maken. Maar vertel, wat is er gebeurd?'

Daan deed zijn verhaal, soms struikelend over de woorden omdat hij alles tegelijk wilde vertellen. Bang dat hij weer afgescheept werd. Maar Hans liet zien dat hij inderdaad kon luisteren. Hij zweeg.

Met een kleur van inspanning nam Daan een slok van zijn inmiddels koude thee. Hij had zijn verhaal verteld.

Hans was er stil van, maar niet lang. 'Het lijkt erop dat jullie de dupe zijn geworden van onfrisse praktijken. Probeer achter de waarheid te komen. Hier is mijn kaartje, je mag me altijd bellen. Dit zaakje ruikt niet, het stinkt. En als ik je daarbij helpen kan, graag. Had je trouwens nog meer vragen?'

Daan keek vlug op zijn blad, het verhaal over XS had hem afgeleid. Alleen de laatste vraag nog, maar het antwoord wist hij eigenlijk al. 'Hoe zie je je toekomst in dit beroep?'

Hans glimlachte, maar werd meteen weer ernstig. 'Ik zal altijd proberen de waarheid te achterhalen.'

'Ik wist het,' zei Daan.

Veel later dan verwacht stond hij buiten. Zijn wangen gloeiden en zijn oren suisden. Wat een inspirerende man, wat een boeiend verhaal. En wat een berg informatie. Hij ging meteen naar huis om het interview uit te werken. Nu zat alles nog vers in zijn hoofd.

Als een bezetene rammelde hij op het toetsenbord, tot het laatste woord geschreven was. Niet slecht, vond hij. Hij mailde het stuk naar de schoolkrant en een kopie naar Hans.

Zo, dat was dat. Tevreden rekte hij zich uit en vouwde zijn handen achter zijn hoofd. Hij keek nog eens naar de vragenlijst en de haastig neergekrabbelde steekwoorden. Onderzoek naar de waarheid, vrijheid en research, de stem van de onderdrukte en van de minderheid laten horen, maffiaclubje, altijd de waarheid willen achterhalen...

117

Opeens zat hij recht overeind, met het papier in zijn handen. Dat ging over hem! Hij moest zelf op zoek gaan naar de waarheid. Hijzelf was immers de onderdrukte, die anderen waren van het maffiaclubje. Hij moest een plan bedenken om de waarheid boven tafel te krijgen, samen met zijn vrienden. Hij belde ze meteen en maakte een afspraak voor de volgende avond. Bij Sven, vanwege de ruimte, want Bibi en Anouk kwamen ook.

10

Daan belde bij de buren aan, waar Bibi en Anouk al op hem wachtten. Met zijn drieën fietsten ze naar Sven. Toen het hek achter hen dichtschoof, kwam Krijn aanscheuren op zijn rammelkar. Hij kon er nog net door, maar het was op het nippertje.

'Bijna mijn goeie fiets geplet,' schrok Krijn. 'Wat gaan we eigenlijk doen vanavond?'

'Ik heb een plan,' zei Daan.

In de kelder wachtte hij tot iedereen wat te drinken had. Anouk kroop dicht naast hem op de bank. Hij gaf haar een zoen op haar neus en schoof toen naar voren, naar het puntje van de bank. 'Het is genoeg geweest. We zetten er een punt achter.'

'Hoe?' Ze riepen het bijna allemaal tegelijk.

Daan zag alle ogen verbaasd op zich gericht, maar hij had zichzelf nog wel het meest verbaasd met zijn resolute uitspraak. Toch ging hij verder. 'We weten allemaal dat er iets niet klopt met die Grindtegel. Bij de politie komen we geen stap verder, dus gaan we het zelf uitzoeken.'

'Mijn idee, maar hoe?' vroeg Krijn.

'We gaan mensen uithoren die ook bij de XS komen. Wij zijn vast de enigen niet die zulke rare dingen meemaken.' Daan keek de kring rond. Toen niemand reageerde, ging hij verder. 'We gaan al de verhalen uitpluizen. Desnoods posten we dag en nacht in de buurt van het café, om de waarheid te achterhalen. We zijn lang genoeg een stel stumpers geweest. Dat is voorbij. We gaan in de aanval!'

'We lusten hem rauw!' Krijn klonk alsof hij er zin in had.

Sven aarzelde. 'Ik denk niet dat ik daar 's nachts mag posten. Eigenlijk ken ik ook niemand die daar heengaat.'

'We kennen Mo,' zei Krijn.

'We kennen Mo,' herhaalde Daan. 'En we kennen Henk, die mij stiekem iets te roken aanbood.'

'Die ga je toch niet uithoren?' schrok Sven.

'Ik kijk wel uit,' antwoordde Daan. 'Maar wat we zelf hebben meegemaakt, telt ook.'

'Wat zou er achter die ene deur zitten?' vroeg Bibi zich hardop af. 'Als er iemand iets te lang voor die deur staat, is de Grindtegel er als de kippen bij.'

'Dat klopt,' zei Daan. 'Dat had ik ook. Goed dat je daaraan denkt.'

'Welke deur?' vroeg Krijn.

'Links naast de toiletten, achter die oude mannen,' legde Daan uit. 'De deur is afgesloten, maar de sleutel zit in het slot.'

'Wie kennen we daar eigenlijk echt?' vroeg Anouk zich af. 'Je ziet er steeds dezelfde gezichten, maar ik zou niet weten waar die lui vandaan komen. Kennen jullie iemand?'

Bibi keek Anouk aan. 'Die jongen met dat stekeltjeshaar, zat die niet bij ons op school?'

'Die is toch verhuisd?' meende Anouk.

'Kent iemand die jongen met die bril?' ging Daan verder. 'Hij stond meestal halverwege de bar. Zijn vader is de man met het korte lontje. Die jongen leek wel aardig.'

Ze keken elkaar vragend aan. Niemand kende hem.

'We kennen eigenlijk niemand daar,' concludeerde Bibi. 'Echt kennen, bedoel ik.'

'Gelukkig maar,' zei Sven. 'Zullen we er nu mee ophouden?'

Daar was Krijn het niet mee eens. Dat liet hij luidkeels weten, terwijl Bibi en Anouk achter Daans rug zaten te fluisteren.

'Wij hebben een idee,' begon Bibi.

Anouk knikte. 'We gaan nog één keer naar de XS.'

'Wie?' schrok Sven.

'Bibi en ik,' zei Anouk.

Het werd stil. Daan, nog steeds op het puntje van de bank, liet zich naast Anouk zakken. 'Dat lijkt me geen goed idee.'

Bibi, aan de andere kant van Anouk, keek hem aan. 'Waarom niet? Wij hebben toch geen caféverbod? Wij mogen er wel in.' Ze trok een scheve mond. 'Van onze ouders niet, maar van de Grindtegel wel.'

'Wat een stel supermeiden!' riep Krijn.

'Ik vind het geen goed plan,' hield Daan vol.

Anouk greep zijn hand. 'Waarom niet?'

'Er gebeurt daar altijd wel iets vervelends,' zei Daan. 'En jullie zijn daar vaker geweest dan wij, en je hebt er nooit iets bijzonders ontdekt.'

'Toen gingen we om te dansen,' zei Bibi.

Anouk knikte. 'Nu gaan we op onderzoek uit.'

'We kunnen een praatje maken met die oude mannen,' hielp Bibi.

'Of kijken wat er achter die deur zit,' vulde Anouk aan.

'Als je dat maar laat!' schrok Daan.

Sven drukte zijn handen tegen zijn oren. 'Ik vind het niets. Laten we ermee stoppen.'

'Ik denk,' zei Krijn, 'dat die oude mannen best met onze meiden willen babbelen. Wie weet wat daar nog uitkomt.'

Daan schudde zijn hoofd. 'Je weet niet wat er achter die deur zit, straks worden ze nog opgesloten.'

'Ik beloof je dat ik niet aan die deur kom,' zei Anouk snel.

'We gaan maar een uurtje,' viel Bibi haar bij. 'Vrijdagavond.'

Daan zat nog steeds nee te schudden, maar begreep dat hij verloren had. 'Ga dan vroeg,' zei hij ten slotte.

'Nee, joh, dan vallen we juist op,' vond Anouk. Daan zuchtte. 'Als je maar weg bent voor het echt druk wordt en de rottigheid begint. En wij blijven in de buurt.'

'Wij?' Sven schrok ervan.

'Natuurlijk,' zei Krijn. 'Als de meiden undercover gaan, blijven wij stand-by.'

'Ik weet niet of ik vrijdag kan,' aarzelde Sven. Hij boog zijn hoofd en zuchtte. Toen hij weer opkeek, zei hij: 'Ik kan wel, maar ik denk dat ik niet durf.'

'We gaan daar echt niet voor de deur staan,' suste Daan.

'We stellen ons verdekt op,' viel Krijn hem bij. 'Op het hoekje aan de overkant, of in het portiek van de schoenwinkel.'

'En als er iets gebeurt?' Sven was er niet gerust op.

'Dan rennen wij naar buiten en gaan we met zijn allen naar mij, dat is vlakbij,' zei Anouk. 'Tegen de tijd dat de Grindtegel naar buiten komt, zijn wij allang binnen.'

'Zullen we het zo dan maar afspreken?' vroeg Bibi poeslief.

Daan zwichtte. Hier viel niets te kiezen.

'Ben je boos op me? Je bent zo stil,' zei Anouk later die avond, toen ze voor haar deur afscheid namen.

'Nee, natuurlijk niet. Maar jij bent wel mijn meisje, en ik wil niet dat jou iets vervelends overkomt.'

'Ik wil je graag helpen. Het is toch niet eerlijk wat er allemaal is gebeurd? En ik kijk heus wel uit.'

'Als je dat maar doet. Ik had toch liever iets anders bedacht.' Verder kwam Daan niet. Anouk drukte haar mond op zijn lippen en bracht hem tot zwijgen.

Toen ze zich eindelijk los van hem maakte om naar binnen te gaan, bedacht ze zich. 'Kom je zaterdag? Mijn ouders zijn de hele dag weg, dan haal ik iets lekkers. Heb je daar zin in?'

'En of!' lachte Daan en hij dacht aan het rode bankje.

Het was donker, een maanloze nacht begon. Terwijl Bibi en Anouk de XS binnen liepen, namen Daan, Krijn en Sven hun schuilplaats in op de splitsing tegenover het café. Pal achter een elektriciteitskast, overschaduwd door een grote boom. Zo werden ze opgeslokt door de duisternis en voelden ze zich veilig. Intussen konden ze door de ramen van het café de boel in de gaten houden.

Daan hield zijn ogen strak gericht op het glitterhemdje van Anouk, tot het verdween. Hij wachtte af, maar kreeg het hemdje niet meer in beeld. Vooraan in de XS was het nog rustig. 'Ze zullen toch niet te vroeg zijn?' schrok hij. Meteen was hij stil. Aan de overkant zetten twee jongens hun fiets tegen de gevel en gingen het café binnen. Door de openstaande deur waaide een wolk van muziek en lawaai naar buiten.

'Aan het volume te horen zijn ze mooi op tijd,' antwoordde Krijn.

Sven keek op zijn horloge. 'Ze zijn tien minuten binnen.'

Tien minuten pas, dacht Daan. Hij had voet bij stuk moeten houden toen ze met dit waanzinnige plan kwamen, keihard nee moeten zeggen. Dat die Grindtegel hem op allerlei manieren het leven zuur maakte, daar zou hij uiteindelijk wel mee kunnen leven. Maar als Anouk iets overkwam... Hij had zich heilig voorgenomen haar geen moment uit het oog te verliezen, en hij was haar nu al kwijt. Snel keek hij opzij naar Krijn. 'Zie jij ze nog?'

Krijn maakte zich lang. 'Wacht even.' Hij kwam uit zijn schuilplaats en liep naar de rand van het trottoir.

'Oh nee!' piepte Sven. 'Straks zien ze hem en dan zijn we er gloeiend bij.'

Daan vloekte. Dat deed hij anders nooit. Ook Krijn keek ervan op.

'Kom terug!' siste Daan hem toe.

Gedwee keerde Krijn terug naar de veilige schuilplaats. 'Ik wou alleen maar even kijken of ik ze zag. Dat vroeg je toch?'

'Nee sukkel.' Daan siste nog steeds, zo kwaad was hij.

'Dat vroeg je wel,' zei Krijn koppig. 'Je vroeg: zie je ze nog?'

'Ja. Maar ik vroeg niet of je wilde gaan kijken. Je staat daar verdorie in het volle zicht op die stoeprand te balanceren. Zo kan iedereen je toch zien! Pal onder een lantaarn.'

Krijn kalmeerde. 'Rustig maar, Danny boy. Ik heb eerst gekeken of ik de Grindtegel zag voor ik van mijn stekkie kwam. Hij was er niet.'

'Je zag hem niet, bedoel je. Dat is iets anders,' zei Daan langzaam. 'Misschien staat die smiecht verdekt opgesteld achter de deur. Misschien denkt hij bij zichzelf: kom, laat ik eens door het luikje loeren om te kijken wat voor gespuis vanavond weer langskomt. En dan ziet hij opeens een oude bekende aan de overkant op de stoep.'

'Willen jullie alsjeblieft ophouden?' smeekte Sven. 'Ik vind het al eng genoeg zonder dat gedoe van jullie.'

'Danny boy, je hebt gelijk,' zei Krijn. 'Stom dat ik daar niet aan gedacht heb.'

'Komt hij?' vroeg Sven. 'Dan ben ik weg.' Hij sprong op, maar Daan greep zijn hand. Een naderende auto minderde vaart. De chauffeur keek hun kant uit. Daan liet Svens hand los. 'Ik denk dat we beter een ander plekje kunnen zoeken. Maar hoe komen we hier weg?' Sven keek op zijn horloge. 'Er zijn twintig minuten voorbij.'

De bellen bij de overweg rinkelden. De spoorbomen zakten naar beneden. En daarachter stopte met piepende remmen de bus.

'Let op,' waarschuwde Daan. 'Als de bus passeert, steken we over. We blijven aan deze kant van de straat, tot bij de schoenwinkel. Dan pas steken we over.'

Ze wachtten tot de bellen niet meer rinkelden en de spoorbomen omhooggingen. De bus hobbelde het spoor over en trok op, hun kant uit. Gekromd stond Daan klaar. Toen de bus de zijstraat naderde, gaf hij het teken. 'Nu!'

In elkaar gedoken staken ze de zijstraat over. Als er nu iemand bij de XS door het luik loerde, zag hij alleen de grote, grommende bus. Achter de geparkeerde auto's renden ze verder.

'Stop!' gebaarde Daan. 'Nu rustig oversteken, vooral rustig. Alsof er niets aan de hand is.'

Ze wandelden naar de overkant, heel rustig, tot aan het trottoir. Toen doken ze met een vaart het portiek van de schoenwinkel in.

Daan werd weer kalm. 'Als de Grindtegel ons in de smiezen had, weet hij niet meer waar we zijn.'

'Gelukkig,' zuchtte Sven. Met een benauwd gezicht keek

hij van de een naar de ander. 'Zijn jullie weer vrienden?'

'We zijn nog steeds vrienden,' zei Daan.

'En dat blijven we,' knikte Krijn.

'Gelukkig,' zuchtte Sven weer. 'Ik dacht even dat jullie ruzie hadden.'

'Hoe kom je daar nou weer bij? Je moet niet zoveel denken,' zei Krijn.

Daan werd praktisch. 'Zullen we om de beurt op de uitkijk staan?'

'Ik begin,' zei Sven. Hij schuifelde naar de voorkant. Het was aardedonker. De verlichting in de etalage was uit en de lantaarn langs de weg reikte niet tot onder de overkapping. Daan liet zich tegen de winkeldeur zakken.

Krijn ging naast hem zitten. 'Hoe zou het met de meiden zijn?'

Daan sprong overeind. Hij liep voor de deur heen en weer. Toen stond hij stil. 'Ik hoop dat die oude kerels hun handen thuis houden.'

'Zit daar maar niet over in, Bibi poeiert ze wel af,' zei Krijn.

Daan ging weer zitten, zijn hoofd tegen de deur. Hoe kon Krijn toch zo zeker zijn?

Krijn klopte op Daans knieën. 'Vertrouw ze maar, dan komt het wel goed.'

Was het zo simpel? dacht Daan. Hij vertrouwde Anouk, en zijn vrienden en Bibi. Maar dat bracht hem geen rust. Hij vertrouwde de Grindtegel niet met zijn oude mannenclubje. Maar was dat alles? Vertrouwde hij wel op zichzelf? Hij dacht lang na en trok toen de conclusie. Ja, hij vertrouwde wel op zichzelf, eigenlijk al vanaf het begin van dit akelige avontuur. Hij had er nooit een goed gevoel bij gehad, wilde niet meedoen. Toch had hij meegedaan. Waarom? Omdat hij niet naar zichzelf geluisterd had. Hij wilde niet onderdoen voor de rest. Hij was een meeloper geworden. En daarom zat hij hier, diep in de shit. Hij nam zich twee dingen voor. Ten eerste: dit avontuur moest goed aflopen. Ook al wilde hij niet dat ze hier waren, hij voelde zich wel verantwoordelijk. Ten tweede: hij moest ervoor zorgen dat hij nooit, maar dan ook nooit meer een meeloper werd. Iets stommers bestond er niet.

'Dertig minuten voorbij. We zijn op de helft,' meldde Sven opgewekt vanaf zijn uitkijkpost.

Krijn gaf Daan een por. 'En professor, uitgedacht?'

Daan knikte.

'Tjonge, zoals jij zat te denken… Ik hoorde je hersens kraken. Vertel, ik ben benieuwd. Wat heb je allemaal bedacht?'

'Niet veel,' zei Daan aarzelend. 'Alleen maar dat ik geen meeloper wil zijn.'

'Mijn idee,' vond Krijn. 'Meelopers zijn de ergste soort.'

Daan dacht na… Hoe kon dat dan? Doordat hij met Krijn meeging, zat hij in de problemen. Maar Krijn was tegen meelopers. Dat klopte toch niet? Ja maar, Krijn was anders dan hij. Krijn was geen meeloper, die deed wat hij zelf wilde. En hij deed wat Krijn wilde. Hij was dus wel een meeloper. Alleen, Krijn wist het niet. Krijn dacht dat Daan het ook leuk vond, omdat hij deed alsof. Dat moest hij dus nooit meer doen. Weer wat geleerd. Zuur lesgeld, zou zijn vader zeggen.

'Wie lost me af?' vroeg Sven.

Daan bood zich aan, voor het geval Krijn nog meer moeilijke vragen stelde. Hij hield de ingang van de XS continu in de gaten. Er stonden intussen aardig wat fietsen voor de deur. Een drukke avond, zo te zien. Zou de Grindtegel al bij de deur posten? En hoe zou het met Anouk zijn? Hij keek over zijn schouder naar Sven en Krijn. Toen nam hij zijn mobiel en sms'te: *Alles goed?*

Het antwoord kwam snel: *Alles goed. Tot over 10 minuten.*

Tien minuten? Zo snel al? Was dat goed of slecht nieuws? Hij had geen idee. Die tien minuten hield hij het nog wel vol. Opgelucht stuurde hij een berichtje terug: Bij de schoenwinkel.

'Ze komen zo,' liet hij Krijn en Sven weten. 'Binnen tien minuten zijn ze er.'

Die laatste minuten kropen als pootloze padden voorbij.

'Daar komen ze,' fluisterde Daan opgewonden. Hij stak zijn hand vlug even op, ze zwaaiden terug.

'Vertel,' drong Krijn aan. 'Hebben jullie nieuws? Ik wil alles weten.'

'Thuis,' zei Bibi. 'Ik ben gaar. Het was er zo warm, en dan heb ik niet eens gedanst.'

Ze gingen met zijn allen naar Bibi thuis. Haar vader was weg. Bibi en Anouk zaten er bezweet bij met hun make-up en glitterhemdjes. Geen metamorfose deze keer.

Eerst moesten ze water, want ze waren uitgedroogd.

'Jullie hadden toch wel geld om wat te drinken?' schrok Daan.

'We hebben niets betaald, dat oude mannenclubje trakteerde,' zei Bibi.

'Bah, die ranzige mannetjes,' rilde Daan.

'Die vonden het anders best leuk dat we bij hen kwamen staan,' vertelde Anouk.

Bibi deed een van de mannen na. 'Zulke mooie meiden, en toch geen verkering?' Ze schoot in de lach. 'Ik zei dat het uit was.'

'En toen kregen we jus d'orange,' lachte Anouk verder.

'Dus jullie hebben het leuk gehad?' Krijn klonk teleurgesteld. 'Verdorie, sluipen wij buiten rond met gevaar voor eigen leven, terwijl jullie een feestje bouwen.'

'Het was best spannend,' bekende Bibi.

Anouk knikte. 'Ja, want die mannen zaten vol flauwe grappen, dus daar werden we niet wijzer van. Maar opeens dacht ik aan iets wat jij vertelde.' Ze keek naar Daan. 'Jij had het toch over die jongen met die bril, de zoon van Henk, die meestal halverwege de bar zat?'

Daan knikte.

'Die zat er dus niet, en zijn vader was er ook niet,' vertelde Anouk. 'Ik vroeg heel onnozel aan de mannen of die jongen met die bril er niet was. Het duurde een poos, maar uiteindelijk geloofden ze dat ik die jongen wel leuk vond. En omdat mijn verkering toch uit was…' Ze gaf een vette knipoog naar Daan. 'Toen hebben ze me in het diepste geheim de waarheid verteld.'

Bibi knikte driftig. 'Je gelooft het nooit.'

'En?' Daan plofte van nieuwsgierigheid.

Krijn smeekte: 'Please, vertel!'

'Jullie maken het wel spannend,' mompelde Sven.

'Henk is gearresteerd!' joelde Anouk.

'Wegens drugshandel!' riep Bibi.

'Yes!' Daan gaf Krijn een klap op de schouder. 'Net goed. Dat is mooi.'

Krijn trok een frons. 'Toch raar dat Henk is opgepakt, terwijl de Grindtegel vrij rond loopt. Dat snap ik niet.'

'Jammer,' verzuchtte Sven. 'Andersom was leuker geweest.'

'Dat komt misschien nog,' aarzelde Bibi. 'Er is meer aan de hand.'

Krijn gaf een kreun. 'Oehhh! Meiden, daar word je toch gek van. Die kunnen nooit korte verhalen vertellen. Dat draait en dat doet. Schiet toch eens op, het hele verhaal graag.'

'Dat is wat ingewikkelder,' peinsde Anouk. 'Ze wilden niet dat wij wat hoorden, maar onder elkaar maakten ze wel opmerkingen. Ze zijn bang. Vooral meneer Grindtegel is als de dood dat Henk gaat praten. Hij zou een veel lichtere straf kunnen krijgen als hij zegt wat hij weet. Maar áls hij praat, is iemand anders de pineut. En volgens mij is dat de Grindtegel.'

Daan floot zacht tussen zijn tanden. 'Er is dus toch iets mis met de Grindtegel.'

'Dat wisten we al. Maar wat?' vroeg Krijn. 'Wat kan die kerel uitgespookt hebben?'

'Eigenlijk weten we nu nog niets,' meende Sven.

Bibi en Anouk snoven verontwaardigd.

'We zijn een stuk wijzer geworden,' zei Daan. 'Henk zit vast, en de Grindtegel is als de dood dat hij verraden wordt. Het gaat er natuurlijk om wat het zwaarste weegt voor Henk. Zijn eigen vrijheid, of zijn vriendschap met de Grindtegel. Nee, misschien wel zijn angst voor de Grindtegel. Want het zijn natuurlijk geen lieverdjes onder elkaar. Ik ben heel benieuwd hoe dit afloopt.'

Nog voor Daan de volgende middag aan kon bellen, vloog de voordeur al open.

'Hi,' lachte Anouk. 'Daar ben je dan.'

'Ja,' zei Daan. 'Daar ben ik.'

'Kom, ga zitten.' Ze trok hem mee naar de woonkamer. 'Ik heb net thee gezet, wil je ook?'

Even later zaten ze samen op de bank, twee mokken thee

op het tafeltje voor zich. Daan zat opeens met zijn mond vol tanden. Hij moest iets zeggen, maar wist niet wat. Zijn ogen gleden door de kamer en bleven hangen bij het grote, platte beeldscherm met de luxe speakers. Mooie tv. Zou hij dat zeggen? Het sloeg natuurlijk nergens op, maar het was altijd nog beter dan de oorverdovende stilte.

Hij opende zijn mond. Anouk ook. Allebei tegelijk begonnen ze te praten. En allebei tegelijk zwegen ze weer.

'Zeg jij het maar,' zei Daan.

'Nee, niets bijzonders,' mompelde Anouk.

'Maar je wou toch wat zeggen?'

'Laat maar,' wuifde ze.

En daar zaten ze weer, zwijgend naast elkaar op de bank. Daan zuchtte. Hij had er zo naar uitgekeken, een hele dag alleen met Anouk. Van alles had hij zich voorgesteld, behalve dit. Onwennig zat hij naast haar in de kamer van dat vreemde huis. Op een gebloemde bank, terwijl er boven zo'n verleidelijk, rood bankje stond. Het ontbrak er nog maar aan dat haar moeder binnenkwam.

Opeens voelde hij dat Anouk naar hem keek. Hij moest nu toch echt iets zeggen, toch maar over de tv? Hij wist zo gauw niets anders. Iets liefs lukte niet. Het leek wel of de betovering weg was. Hij opende zijn mond.

Anouk was hem voor. 'Laat je thee niet koud worden. Oh, sorry, wat wou jij zeggen?'

'Mooie tv.'

'Wil je tv-kijken?' Ze klonk alsof ze ervan schrok.

'Nee hoor.' Het was ook om te schrikken, dacht Daan. Zat je met je grote liefde op de bank, voor het eerst alleen thuis, en ging je televisiekijken. Dan was je toch niet goed wijs?

Hij pakte de mok van tafel en dronk de thee. Opeens wist

hij wat hij zeggen moest. Met gulzige slokken werkte hij de lauwe thee naar binnen. Hij verslikte zich bijna, het ging nog net goed. 'Nee, ik hoef geen tv te kijken. Maar ik vroeg me af: wat voor muziek heb jij eigenlijk?'

Anouk sprong op. 'Wil je wat horen? Kom maar mee naar mijn kamer.'

Druk pratend liepen ze de trappen op. De kilte was voorbij. Op de drempel bleef hij even staan. Nu niet meteen naar dat bankje, dacht hij.

'Ik kijk even naar je uitzicht.' Hij liep naar het dakraam. Vanaf hier had je weer een heel ander uitzicht op het dorp, dan wanneer je er doorheen fietste. Hij zag dakterrassen waarvan hij het bestaan nooit had vermoed. Naast een verveloze balkondeur stonden kratten opgestapeld. Wat verderop tufte een bus langs de XS, op dat hoekje hadden ze gisteren gestaan. Hij concentreerde zich op het oude café. Op de eerste verdieping brandde licht. Zou de Grindtegel daar wonen?

'Anouk.' Hij draaide zich om.

Ze zat op de grond naast haar stereotoren, een stapel cd's in haar hand.

'Woont de Grindtegel boven het café?'

Ze haalde haar schouders op. 'Geen idee. Waarom?'

'Omdat daar licht brandt,' zei hij.

Ze stond op en kwam naar hem toe. Met hun hoofden naast elkaar gluurden ze door de open kier van het dakraam. 'Daar brandt altijd licht,' zei ze. 'Dag en nacht.'

'Dag en nacht?' riep Daan.

'Ja, raar, hè,' mompelde Anouk. 'De gordijnen zijn altijd dicht, maar je ziet het licht er doorheen schijnen. Stom hoor, als ze de gordijnen opendoen, kan het licht uit.'

132

'Als dat is wat ik denk, dan is de Grindtegel er gloeiend bij.' Daan sprak langzaam, maar zijn hart begon te bonken. Hij keek naar het dak van de XS. De twee schuine ramen waren dichtgekalkt met witte verf.

Hij vroeg het nog eens. 'Weet je zeker dat het licht daar dag en nacht brandt?'

Ze knikte. 'Als ik naar bed ga, brandt het, maar als ik opsta ook. Of als ik het raam open of sluit, het licht is daar altijd aan.'

'Anouk!' Hij greep haar handen vast. 'We hebben hem! De Grindtegel heeft daarboven een hennepkwekerij!'

Anouk keek hem aan of ze water zag branden. 'Hoezo?'

'Daarboven is alles verlicht, de gordijnen zijn dicht en de zolderramen witgekalkt.'

'En dan heb je een hennepkwekerij?' Anouk keek of ze aan zijn verstand twijfelde.

'Ja,' zei Daan fel. 'Het stond in een politiefolder die laatst met de post kwam. Over een actie om hennepkwekerijen op te sporen. Er werd oplettendheid van de burger gevraagd, zoals ze dat zo mooi noemden. En er stond ook waaraan je zo'n kwekerij kon herkennen. Er brandt altijd licht, de gordijnen zijn dicht, en meer van die dingen.'

'Jeetje, Daan, dan heeft die Grindtegel misschien echt een hennepkwekerij.' Anouk keek hem verbijsterd aan. 'En wat nu?' vroeg ze zacht.

'Hij gaat eraan!' Daan klonk vastbesloten.

'Maar hoe? Die man heeft je al zoveel ellende bezorgd. Als hij ooit te weten komt dat jij hier achter zit dan... dan ben je misschien nergens meer veilig.'

'Dat weet ik,' zei Daan, 'maar ik ben niet gek.' Hij keek nog een laatste keer naar het café, toen liep hij naar het bureau waar haar computer stond. 'Ik heb een idee, maar daar moet ik eerst meer van weten. Heb je hier internet?'

Ze knikte en trok een krukje naast de bureaustoel. Daan ging zitten. 'De Grindtegel met een hennepkwekerij,' mompelde hij. 'En die Henk liep met wiet te leuren, in het toilet. Daarom is hij natuurlijk opgepakt.' Hij googelde even. 'Dit bedoel ik,' zei hij. Hij zat op de site Meld Misdaad Anoniem.

Anouk las hardop. 'Jij kent de dader en de dader kent jou ook? Meld misdaad anoniem.' Ze keek op naar Daan. 'Dat klopt wel.'

'Hier staat wat ik zocht,' wees Daan naar een blokje tekst. Ze lazen het samen.

Bel met concrete feiten en namen.

Wij beschermen jouw anonimiteit.

Je nummer is niet te zien.

Wij noteren geen persoonlijke gegevens.

Wij bewaren geen gesprekken op tape.

Anonimiteit is gewaarborgd.

'Ik wil hen bellen, anoniem. Wat vind je ervan?' vroeg Daan.

Anouk knikte.

'Ik moet eerst nog even het huisnummer opzoeken.' Het digitale telefoonboek gaf de informatie. 'Hoofdstraat 23, dat onthoud ik wel.' Daan was zachtjes gaan praten. 'Hoe heette de Grindtegel ook alweer? Eh... Eberwein, dat was het.'

Hij slikte. Zijn keel was droog toen hij het nummer van de anonieme misdaadlijn intoetste. Er werd meteen opgenomen.

'Hallo, met...' Bijna had hij zijn naam gezegd. 'Ik wil een hennepkwekerij melden, boven jongerencafé XS. Eigenaar is de heer Eberwein.... Eberwein, moet ik het spellen?' Hij wachtte even. 'Het adres is Hoofdstraat 23.'

'Oef!' Met een diepe zucht liet hij zijn mobiel in zijn broekzak glijden. 'Ze geven het door aan de plaatselijke politie. En die zou er wel eens heel snel kunnen zijn, omdat er nu die actie is.' Snel, dacht hij. Hoe lang hadden ze niet moeten wachten, toen Sven 1-1-2 had gebeld? Een eeuwigheid, dus wat was snel?

'Ik ben benieuwd,' zei Anouk. Daan wreef over zijn hoofd. Het gloeide. 'Anders ik wel. Zullen we wat drinken? Ik heb zo'n droge keel.'

Beneden in de keuken haalde ze glazen uit de kast. 'Waar heb je zin in?'

'Water,' zei Daan. Hij hield zijn glas onder de koude kraan en dronk het in een ruk leeg. Opnieuw liet hij het glas vollopen, maar nu nam hij een paar slokken.

'Wil je een gevulde koek?' vroeg Anouk. 'Of een boterham?'

Hij schudde zijn hoofd, hij kon geen hap door zijn keel krijgen. Het was gedaan met zijn rust. Terwijl Anouk een boterham met kaas naar binnen werkte, drentelde hij door de keuken op en neer. Hij zou zich toch niet vergist hebben? Dat de gordijnen dicht zaten omdat de zon naar binnen scheen? Waarom twijfelde hij nu weer aan zichzelf? Hij had het met eigen ogen gezien. En Anouk had ook het nodige verteld.

Hij stond stil en keek hoe ze de laatste kruimels wegwerkte. 'Zullen we nog even boven kijken?' Hij liep vast voorop.

Ze kwamen geen seconde te vroeg. Drie politiewagens stopten voor de XS.

Daan gooide het dakraam helemaal open. Zwijgend keken ze toe. De agenten uit de laatste wagen verdwenen door een brandgang naar de achterkant van het café. Toen zwaaiden de deuren van de andere wagens open. Acht mannen in uniform verdwenen door de voordeur naar binnen. Een tijdlang gebeurde er niets meer.

Ze bleven staan kijken, hun ogen vochtig van de wind die om het dakraam tolde. Tot Daan Anouk stevig beetpakte.

'Daar is hij!'

De Grindtegel kwam naar buiten. Tussen twee agenten in werd hij afgevoerd naar de eerste politieauto.

Daan hield zijn ogen strak op zijn kwelgeest gericht. De wind moest aangewakkerd zijn, want de tranen biggelden over zijn wangen.

'Daar gaat zijn vrouw,' fluisterde Anouk. 'Het is dus toch waar, je had gelijk.'

De vrouw, ook tussen agenten in, werd naar de tweede auto begeleid.

Daan liet Anouk los. 'Dit moet Krijn weten. En Sven.'

'En Bibi,' zei Anouk.

Hij veegde snel met zijn mouwen langs zijn wangen, voor het geval zij geen last van de wind had gehad. 'Krijn! Ze hebben de Grindtegel opgepakt!' Hij schreeuwde door de telefoon. 'Echt waar, hij zit nu in een politiewagen voor de deur van de XS. Zijn vrouw zit in een andere wagen en er zijn nog vier, zes, acht agenten binnen.' Hij was even stil. 'Nee, man, dit is een live verslag. Ik sta er met mijn neus bovenop. Nu stopt er een auto van het energiebedrijf. Als de Grindtegel weg is, ga ik de straat op. Bel jij Sven? Tot zo.' Hij keek naar Anouk. 'Ik geloof dat Krijn zijn olifantendans uitvoert. Hij komt zo kijken, met Sven.'

'Bibi komt ook,' zei Anouk. 'Weet Krijn dat jij anoniem gebeld hebt?'

'Nee. Weet Bibi het?'

Ze schudde haar hoofd.

'Laten we dat maar zo houden. Ik bedoel, je kunt wel anoniem bellen, maar als je het daarna tegen iedereen vertelt, schiet je er nog niets mee op. Kom, we lopen vast die kant op. Ze zullen die man niet de hele middag in een auto voor de deur laten zitten.'

Hand in hand liepen ze de hoek om, waar ze Bibi tegen kwamen. Voor de XS zag het zwart van de mensen. Het halve dorp was uitgelopen. Waar net de twee politiewagens stonden, parkeerde nu een vrachtwagen. Mannen in overalls gingen het café binnen.

'Danny boy!' klonk de schreeuw van Krijn.

'Hebben ze hem echt?' vroeg Sven. 'Ik kan het niet geloven.'

'Het is zo,' zei Daan. 'Ik heb het zelf gezien.' Hij trilde, van trots en van spanning. Iemand tikte op zijn schouder. Hij keek om en zag Hans Schepers.

'Toen ik de melding over de inval hoorde, moest ik aan jou denken,' zei Hans. 'De eigenaar van het café is wel een poos van de straat. Daar heb je voorlopig geen last meer van.'

Verrast keek Daan op. 'Zou je denken?'

Hans knikte. 'Een hennepkwekerij, illegaal stroom aftappen, belastingontduiking... Allemaal dingen die niet mogen.'

Ze moesten een stukje achteruit, de straat werd afgezet met roodwitte linten om de afvaldienst wat ruimte te geven. Er kwam van alles voorbij. Lampen, ventilatoren, grote, plastic vaten, vuilniszakken...

'De ontmanteling van de hennepkwekerij,' zei Hans. 'Daar zit een mooi artikel in voor de krant. En jij hebt vast nog wel wat achtergrondinformatie. Misschien kunnen we samenwerken?'

'Hoe bedoel je?' vroeg Daan.

'Jouw stuk voor de schoolkrant vond ik goed,' zei Hans. 'Ik denk dat wij samen wel een mooie pagina kunnen maken over dit zogenaamde jongerencafé. Bel me maandag even, als je wilt.'

En of ik wil, dacht Daan. Midden in de drukte droomde hij even weg. Hij zag de pagina al voor zich met de vette kop: De ontmanteling van een jongerencafé. En daaronder, in kleinere letters, maar vooral niet te klein: De ondergang van de Grindtegel. Nee, dat was een grapje. Maar de mooiste regel kwam nog, net onder de kop. Daar zou staan: door Hans Schepers en Daan Smit.

Anouk trok aan zijn mouw. 'Wat sta jij te lachen?'

'Binnenpretjes.'

'Buitenpret mag ook,' reageerde Krijn. De grijns leek op zijn gezicht gebeiteld. 'Mijn dag kan niet meer kapot. Hier kan ik uren naar kijken.'

Ik heb het wel gezien, dacht Daan na een poos. Het werd rustig op straat. De auto van het energiebedrijf vertrok, de vrachtwagen van de afvaldienst zat vol. De deur van het café werd verzegeld en de roodwitte linten werden verwijderd.

Daan boog zich naar Anouk. 'Zeg eens,' fluisterde hij in haar oor, 'had jij niet wat lekkers gehaald? Ik lust wel wat.'

'Kom mee,' lachte ze. 'En je wou mijn muziek ook nog horen.'

'En of,' zei hij. In zijn gedachten verscheen het rode bankje.

Een week later boog Daan zich over de voorpagina van de krant. Hij was een paar keer bij Hans op de redactie geweest. Ze hadden onderzoek gedaan en interviews afgenomen. Beetje bij beetje hadden ze de waarheid boven tafel gekregen en het criminele verleden van de Grindtegel in kaart gebracht. Geen leven om trots op te zijn.

Daan bladerde naar het paginagrote stuk, dat hij samen met Hans geschreven had. Het zag er goed uit, hij voelde zich apetrots. Straks, als niemand keek, ging hij lekker even naast zijn schoenen lopen.

Jongerencafé voorgoed gesloten
Kroegbaas zaait wiet en geweld

Door Daan Smit en Hans Schepers

Maar liefst twee verdiepingen vol hennepplanten trof de politie vorige week aan bij een inval in jongerencafé XS. Hierbij werden de eigenaar en zijn vrouw gearresteerd. Met de ontmanteling van de kwekerij kwam er een einde aan het bestaan van het jongerencafé, dat al langere tijd voor overlast zorgde. Overlast die vooral veroorzaakt werd door de kroegbaas zelf, zo bleek uit onderzoek van onze verslaggevers. Lees hun uitgebreide reportage op pagina 23 van het regiokatern.

WAAROM IS DIT BOEK GESCHREVEN?

Op een nacht kwam mijn zoon niet thuis. Hij was die zaterdagavond met twee vrienden naar een verjaardagsfeest gegaan. Het werd later en later, hij liet niets van zich horen en zijn mobiel was uitgeschakeld.

Toen belde de politie met een schokkende mededeling: mijn zoon zat in de cel, zijn twee vrienden ook. Ze waren opgepakt op verdenking van bedreiging, vernieling en belediging. Zondagmorgen om 11.00 uur zouden ze gehoord worden. Om 13.00 mochten de ouders naar het bureau komen voor meer informatie.

Ik was verbijsterd.

Op het politiebureau vertelde een aardige rechercheur ons dat we vooral niet te steng moesten zijn, de jongens hadden namelijk niets gedaan. Sterker nog: hij adviseerde een van de ouderparen met klem om aangifte te doen tegen de eigenaar van het jongerencafé, die hun zoon naar de keel gevlogen was. En verder zou de politie het café in de gaten houden.

De rechercheur haalde de jongens erbij, en zij vertelden wat er de vorige avond was gebeurd.

Op weg naar huis wilde een van hen snel even het jongerencafé binnenlopen. De andere twee bleven buiten staan. Ze gingen sinds kort niet meer naar dat café omdat er gevochten werd. Zodra de jongen de deur opende, vloog de cafébaas hem naar de keel en werkte hem naar buiten. Daar bleef

de man zijn keel vasthouden, waardoor de jongen in adem-
nood raakte. Een van de vrienden schoot te hulp, maar hij
werd door de cafébaas tegen de grond gesmeten. De derde
jongen belde in paniek het alarmnummer, huilend van angst.
Het duurde lang voor er hulp kwam. De baas zocht opnieuw ruzie, zodat de jongens besloten ervandoor te gaan en
om de hoek te wachten op de politie. Die kwam, met maar
liefst vier busjes. De agenten grepen de jongens beet en druk-
ten hen tegen de busjes. Ze werden aangehouden op verdenking van bedreiging, vernieling en belediging.

Dat moest een misverstand zijn. Zij hadden zelf het alarmnummer gebeld omdat ze bedreigd werden, en dat vertelden
ze ook. Maar de agenten schreeuwden dat ze hun kop moesten houden. Mijn zoon werd met een gummiknuppel in zijn
knieholten geslagen, terwijl hij platgedrukt tegen een poli-
tiebusje hing. Een van zijn vrienden had rode striemen in zijn
hals, omdat een agente lange nagels had. Als criminelen werden ze in de cel gesmeten, waar het licht de hele nacht bleef
branden. Daar stak een man zijn hoofd om de deur met de
vraag of hen verteld was wat de reden van hun aanhouding
was. Die man was officier van justitie. Als je weet waarom je
opgesloten bent, heeft de politie juist gehandeld. En hij moest
dat controleren.

Het groepje ouders was heel stil geworden. De opluchting
omdat de jongens niets gedaan hadden, maakte plaats voor
verbijstering, en ook kwaadheid. Het ene ouderpaar besloot
onmiddellijk aangifte te doen. Maar dat kon niet, want het
was zondag.

De volgende dag stond in de krant dat de jongens opgepakt waren wegens bedreiging, vernieling en belediging. Ze

vonden het zo oneerlijk, dat ze besloten samen aangifte te doen tegen de cafébaas. Maar dat kon niet, want de zaak was geseponeerd, zei een agent. Dat betekende dat ze vrijuit gingen. En dat stond ook in de brief die ze thuis kregen.

Maar dan konden ze toch wel aangifte doen tegen de cafébaas? Hij had hén aangevallen, en niet andersom. Daarna had hij nog valse aangifte gedaan ook. En dat stukje in de krant was ook fout.

Maar daar ging de agent niet over. Ze gingen vrijuit, dan was het toch in orde?

In orde? Ze werden vals beschuldigd, met veel machtsvertoon opgepakt en in een cel gezet. Is dat in orde?

Daarom is dit boek geschreven.

LEES OOK VAN HETTY VAN AAR:

Verborgen Agenda

Wanneer zijn vader wordt gearresteerd, heeft Max een dubbel gevoel:
aan de ene kant vindt hij het rot,
aan de andere kant is hij ook opgelucht. De sfeer in huis is nu wel beter, maar wat zal er gebeuren als ze
er op school achterkomen?
Dan belt zijn vader hem op vanuit
de gevangenis. Hij wil dat Max iets
voor hem doet...

ISBN 978 90 216 1940 8